KB078032

스페셜 원

가장 특별한 감독

스페셜 원: 가장 특별한 감독 3

스틸펜 장편소설

초판 1쇄 찍은 날 § 2019년 11월 21일
초판 1쇄 펴낸 날 § 2019년 11월 28일

지은이 § 스틸펜
펴낸이 § 서경석

총괄팀장 § 노종아
편집책임 § 박현성
디자인 § 소소연

펴낸곳 § 도서출판 청어람
등록번호 § 제387-1999-000006호
등록일자 § 1999. 5. 31
어람번호 § 제1-3063호

주소 § 경기도 부천시 부일로 483번길 40 서경B/D 3F (우) 14640
전화 § 032-656-4452 팩스 § 032-656-4453
http://www.chungeoram.com
E-mail § chungeorambook@daum.net

ⓒ 스틸펜, 2019

ISBN 979-11-04-92096-7 04810
ISBN 979-11-04-92074-5 (세트)

※ 파본은 구입하신 서점에서 교환하여 드립니다.
※ 저자와 협의하여 인지를 붙이지 않습니다.
※ 이 책은 도서출판 청어람과 저작자의 계약에 의해 출판된 것이므로,
   무단 전재 및 유포·공유를 금합니다.

스페셜 원

가장 특별한 감독

3

스틸펜 장편소설

FUSION FANTASTIC STORY

스페셜 원

가장 특별한 감독

CONTENTS

경기는 계속 진행되고 있었다.

하지만 바르셀로나의 플레이는 무기력했다.

방전됐다는 말이 맞을 것이다.

무엇보다 바르셀로나가 중원 싸움에서 밀리는 것은 흔한 일이 아니다. 항상 중원을 장악한 뒤 점유율에서 우위를 가져가는 바르셀로나에게, 이러한 상황은 치명적이었다.

이는 중앙미드필더인 이니에스타의 부진도 한몫했다.

물론 그는 세계 최고의 미드필더다.

다만 이번 시즌 이니에스타의 폼은 그리 좋지 않았다.

노장이라 불릴 나이인 만큼 그에 따른 노쇠화와 부상 등이 겹치며 부진했고, 핵심 미드필더의 부진은 결국 바르셀로나의 중원 장악력이 헐거워지는 걸 초래했다.

반대로 첼시 선수들은 기운이 넘쳐 보였다.

원지석은 이번 경기를 앞두며 이전에 있던 리그 경기에서 주전 선수들에게 휴식을 주었다. 골키퍼까지 말이다.

비록 경기는 이기지 못했지만 원지석은 이를 후회하지 않는다.

아직 리그 2위와는 승점 10점이란 차이가 있었고, 휴식을 취한 선수들은 이번 경기에서 매우 좋은 컨디션을 보여주는 중이니까.

―아자르가 다시 한번 오른쪽 측면을 돌파합니다!
―내려왔던 로베르토가 따라붙지만 늦는군요!

세르지 로베르토는 풀백까지 뛸 수 있는 선수다.

하지만 그 말이 정상급의 풀백이란 소린 아니었다.

이번 시즌 중 가장 좋은 퍼포먼스를 보이는 아자르는 로베르토를 따돌리고 고개를 들었다.

제임스가 수비 라인 근처에 있었으며, 앤디는 뒤쪽에 떨어져 있었다.

아자르의 선택은 더 멀리 있는 앤디였다.

페널티에어리어 밖에 있던 앤디는 공을 한번 잡아두고는 휘어지는 패스를 낮게 깔았다.

아직까지 수비 라인을 돌파하지 않았던 제임스가 뒤꿈치로 방향만 바꾼 채 공을 그대로 흘렸다. 그렇게 흘린 공이 수비 라인을 뚫었다.

모두가 멍하게 그 흐르는 공을 보았다. 하지만 한 사람만은 그 공을 향해 달리는 중이었다.

아자르였다.

—아아!! 또다시 공을 돌리는 첼시! 그 끝에 아자르가 있습니다!

—아자르으으으!!

와아아!!

첼시의 홈 팬들이 몸을 일으키며 환호했다.

경기장이 출렁일 정도의 격한 기쁨.

골을 넣은 아자르가 그런 홈 팬들에게 달려가 분위기를 더 끌어올렸다.

"예아!"

원지석 역시 홈 팬들을 향해 달려가 점프를 했다.

―오늘 첼시에서 가장 눈에 띄는 모습을 보이는 건 제임스 군요. 저 선수로 인해 첼시의 공격이 매끄럽게 이어지고 있습니다.

해설진이 제임스를 격찬했다.

그는 공격의 윤활유 같은 존재였다. 아자르와 앤디 사이에서서 유기적으로 움직이도록 기름칠을 했으며, 때로는 직접 앞으로 나서기도 했다.

바르셀로나도 이걸 모를 리가 없다.

이미 데뷔 시즌부터 자신의 재능을 터뜨리는 그는 요주의 인물이었다. 덕분에 제임스는 경기 시작부터 매우 심한 압박과 견제를 받는 중이었다.

하지만 알고도 막지 못하는 게 있다.

오늘 제임스가 그랬다. 만약 압박이 심하면 페널티에어리어 밖으로 나가며 수비수들을 끌고 왔다.

이후 두 팀은 계속해서 공방전을 벌였지만, 더 이상의 변화는 나오지 않았다.

삐이익!

경기가 끝났다.

2 : 0.

홈에서 압도적인 경기력으로 승리를 거둔 첼시였다.

*   *   *

「[BBC] '악마의 재능' 제임스, MOM에 선정되다!」
「[카탈루냐 라디오] 엔리케, 홈에서 역전할 수 있다」

당연한 이야기지만 바르셀로나는 남은 2차전에서 역전의 의지를 불태웠다.

이미 16강에서 기적을 써 내려간 그들이었다. 4골 차보다는 2골 차가 더 쉬운 일이 아니겠는가.

"저희는 PSG가 아닙니다."

원지석은 방심은 없을 거라며 못을 박았다.

선수들도 이미 16강의 대역전극을 보았기에 방심하지 않았다.

첼시는 2차전으로 바르셀로나의 홈인 캄프 누를 찾았다.

99,354명.

이 경기장이 수용할 수 있는 인원이었다.

유럽에서 가장 큰 경기장이며, 세계에선 두 번째로 큰 경기장. 그 어마어마한 규모만으로 원정팀들을 주눅 들게 한다.

'엄청나네.'

원지석은 눈앞에서 펼쳐지는 카드 섹션을 보았다.

9만 명이 펼치는 카드 섹션은 장관이었다. 엄청나다. 그 말 말고 달리 표현할 게 있을까.

동시에 기적을 바라며 부르는 응원가 소리는 쩌렁쩌렁했다. 응원가 이름도 바르셀로나 찬가였기에 종교적인 느낌이 들 정도였다.

캄프 누는 기적이 일어났던 곳이었다.

그리고 저들은 다시 한번 기적이 나오길 간절히 바라고 있었다.

삐이익!

경기가 시작되었다.

오늘 첼시의 라인업은 1차전과 다르지 않았다. 코스타의 부상이 생각보다 길었기 때문이다.

바르셀로나는 경고 누적으로 1차전에 나오지 못했던 부스케츠가 선발 라인업에 이름을 올렸다. 이제 마스체라노를 압박한다 쳐도 전과 같은 재미를 보긴 어려울 것이다.

하지만 오늘 경기는 전혀 다른 방향으로 충격을 주었다.

그 중심에는 제임스가 있었다.

경기가 시작하고 20분이 지났을 때였다.

제임스는 압박을 피해 페널티에어리어 밖까지 나간 뒤였다. 그렇다면 페널티박스에는 누가 있을까 싶지만, 아무도 없었다.

아자르나 앤디는 수비수들과 경합하며 골을 만들어내는 선수는 아니었다. 그것을 아는 원지석이 버럭 소리를 질렀다.

"너 이 새끼, 거기서 뭐 해!"

그 소리를 들었는지 제임스가 검지를 입에 가져갔다. 조용히 하라는 뜻이었다.

대체 뭘 하는 건가 싶어 원지석이 팔짱을 끼며 지켜보았다. 재능은 둘째 치고 정말 이기적인 플레이 스타일이다.

만약 경기장 안이나 밖에서 패악질을 부린다면 당장 내치겠지만, 아직까진 그런 일이 없으니 감수할 만한 가치가 있었다.

그때 공을 잡은 앤디가 안으로 들어가며 제임스도 움직이기 시작했다.

움티티가 그런 앤디를 커버하기 위해 자리를 잡았다. 앤디는 직접 돌파를 하는 대신 제임스에게 공을 보냈다.

제임스는 공을 소유하지 않고 다시 앤디를 향해 원터치로 공을 흘렸다. 제임스를 압박하려던 피케가 재빨리 몸을 돌려 자신의 옆을 파고드는 앤디의 상의를 잡았다.

순간적이지만 센터백 두 명이 앤디에게 붙은 것이다.

앤디가 넘어지면서도 바깥 발로 공을 빼냈다.

피케가 슬쩍 주심을 향해 고개를 돌렸지만 휘슬은 울리지 않았다.

경기는 계속해서 진행되었고, 공은 제임스가 잡았다. 그렇다고 해도 충분히 막을 수 있는 거리였다.

　—제임스를 향해 피케가 몸을 날립니다!

　피케가 슬라이딩태클로 공을 노렸다.
　하지만 그의 발은 허공을 휘젓고 말았다.
　제임스가 밖으로 드리블을 하는 척하며 다시 공을 안쪽으로 끌고 간 것이다.
　플리 플랩.
　화려한 만큼 높은 난이도를 요구하고, 실용성마저 떨어지는 개인기.
　그걸 아무도 예상하지 못한 순간에 쓴 제임스였다.

　—제임스! 이제 막는 수비수가 아무도 없어요! 아아아! 고오오오올!
　—엄청난 골입니다 제임스 파커!

　10만 명에 가까운 사람들이 들어선 경기장에 침묵이 돌았다. 3층에 있는 첼시 원정 팬들을 제외하고는.
　캄프 누를 도서관으로 만든 제임스는 오연한 얼굴로 하프라인을 향해 걸었다.

—앤디와 원 투 패스를 가볍게 주고받던 제임스가 골을 만들어냈군요. 수비수들을 끌고 간 앤디 역시 매우 돋보였던 장면이었습니다.

　—어찌 보면 1차전의 골과 흡사하군요. 그 좁은 수비진 사이에서 패스를 주고받고 기어코 골을 만드는 모습을 보니, 메시와 이니에스타의 모습이 떠오를 정도입니다.

　리플레이로 골 장면이 나오고 있었다.

　넘어지면서도 패스를 한 앤디.

　그걸 바깥 발로 밀어내는 척하면서 다시 공을 끌고 가는 제임스.

　—아, 플리 플랩이군요!

　—대담하다 해야 할지, 무모하다 해야 할지 모르겠습니다만… 어찌 됐든 환상적인 개인기였습니다.

　제임스의 활약은 이게 끝이 아니었다.

　프리킥 상황에서 넣은 헤딩골.

　페널티에어리어 밖에서 찬 중거리골.

　이 두 골을 추가하며 기어코 해트트릭이란 미친 퍼포먼스를 보여준 것이다.

물론 바르셀로나도 가만히 보고만 있던 것은 아니다. 네이마르와 수아레즈가 한 골씩을 넣고 추격하겠다는 의지를 불태웠지만, 거기까지였다.

경기는 끝났다.

총합 스코어는 5 : 2.

바르셀로나의 동화는 결국 더 이상 이어지지 못했다.

오늘 골을 넣지 못한 메시가 고개를 숙였다.

그런 메시와는 대조적으로 제임스는 오만함이 느껴질 만큼 고개를 치켜들고 있었다.

오늘 그는 신계의 문을 두드린 방문자가 아니었다.

그 문을 부수고, 진흙 발로 더럽힌 악마였다.

이 경기는 제임스란 이름을 축구계에 각인시킨 사건이 되었으며, 동시에 스페인 축구계에 악명을 떨치는 계기가 되었다.

＊　　　＊　　　＊

「[스포르트] 악마가 천상에 오른 날」
「[RACI] 고개를 들지 못한 신」

스페인 언론, 그것도 친바르셀로나 언론은 이날을 이렇게 표현했다.

사진에는 고개를 들지 못하는 메시의 사진이 찍혀 있었다.

이해가 되지 않는 건 아니었다. 재능이 뛰어나다는 평가는 차치하고서라도, 유망주란 수식어를 떼지 못한 애송이가 대형 사고를 터뜨렸으니.

반대로 친마드리드 언론은 무참하게 무너진 바르셀로나를 비웃었다. 이번 시즌 데뷔한 유망주에게 총 네 골을 얻어터졌다면서.

「[BBC] 신계를 무너뜨린 제임스!」

영국 언론 역시 첼시의 승리보단 제임스에게 초점을 맞추며 기사를 실었다.

이미 끝난 스캔들이지만, 아직도 그것과 관련되어 욕을 먹던 제임스의 평가가 살짝 바뀐 날이기도 했다.

축구 좀 잘한다고 까부는 양아치에서.

축구 좀 잘하는데 성격이 좀 더러우면 어떤가로.

물론 이 경기 때문에 제임스가 신계로 분류된 것은 아니다. 그만큼 충격적인 일이기에 이런 표현을 썼을 뿐, 아직 갈 길이 멀다.

한편 원지석은 휴일임에도 정장을 입고 있었다.

게다가 얼굴 역시 밝은 건 아니었는데, 이후 만날 사람을 생각하면 그럴 수밖에 없었다.

로만 아브라모비치.

첼시의 구단주이자 푸른 제국을 세운 남자.

제국이란 말은 괜히 나온 게 아니다.

로만은 첼시에서 황제 같은 인물이었다.

요즘에는 조금 나아졌다고 해도 감독을 파리 목숨처럼 취급했었으니까.

첼시 팬들에게 그는 애증의 존재였다.

지금의 첼시가 있기까지 로만은 뺄 수가 없는 사람이었다. 하지만 그 독선적인 운영은 많은 팬들의 반감을 부르기도 했다.

로만은 자신의 구단에 많은 애정을 가졌다. 확실히 유소년 경기까지 직접 보러오는 구단주는 흔치 않다.

하지만 경기 내용이 마음에 들지 않는다 싶으면 직접 라커 룸에 들어와 전술을 지시한 적까지 있었다. 그에게 감독이란 선수처럼 하나의 옵션에 불과했다.

시간이 흐른 만큼 그런 점이 덜해졌다고 해도, 그가 지난날에 한 짓은 사라지지 않는다.

그런 사람이 왜 자신을 불렀느냐.

그 이유 역시 어렵지 않게 추측할 수 있었다.

바르셀로나와의 1차전이 끝났을 때였다.

에이전트인 한채희는 구단에게서 계약 연장 제의를 받았다. 그녀야 당연히 거절했지만, 이번에는 굉장히 끈질기다는 게 문제였다.

한채희는 어렵지 않게 그 이유를 추측할 수 있었다.

로만의 명령이 떨어졌다는 것.

그 예상은 빗나가지 않아 이렇게 초대까지 받게 된 것이다.

'설마 홍차냐, 계약 연장이냐 둘 중 하나를 선택하라는 건 아니겠지.'

러시아 홍차 괴담을 떠올린 원지석이 괜히 넥타이를 풀었다. 설마 여기서 계약 연장 때문에 그런 수를 쓰겠는가.

약속 장소는 런던에 위치한 레스토랑이었다.

"가죠."

혹시 계약에 관련된 이야기를 할까 한채희 역시 함께하기로 했다. 노출이 많은 검은색 드레스에, 비녀로 자신의 머리를 하나로 모은 모습이 꽤나 어울렸다.

'혹시나 말하지만. 알, 죠?'

캐서린의 경고를 떠올린 원지석이 괜히 고개를 돌렸다.

그들이 향한 곳은 레스토랑의 3층이었다.

비싼 곳이라 그런지 원지석은 벌써부터 숨이 막히는 걸 느꼈다.

이제 고액 연봉자에 속하는 그였지만 이런 곳은 영 어색할 뿐이었다. 사람이 하루아침에 바뀌는 것도 아니었으니.

"원 감독님? 이쪽입니다."

안내인이 두 사람을 안내했다.

그렇게 해서 간 테이블엔 로만만이 있지 않았다. 마리나, 비세르 같은 수족들도 함께였다.

"반갑군."

로만이 웃으며 말했다.

푸른 제국의 황제.

그것도 폭군을 상대하게 된 것이다.

정상을 향해

음식은 훌륭했다.

확실히 괜히 비싼 값을 받는 건 아닌 모양이었다. 구단주가 아닌 캐서린이 함께였다면 더 좋았겠지만, 다음이 있지 않겠는가.

로만은 로만대로 자신의 앞에서 무덤덤하게 음식을 먹는 원지석이 신기한 모양이었다.

경력을 쌓은 노련한 감독이면 몰라도, 아직 서른도 되지 않은 녀석이 이러니.

그때 눈이 마주친 원지석이 어깨를 으쓱이며 말했다.

"여기 음식 맛있네요."

"그렇지? 좋아하는 곳이네."

가끔 그가 감독들과 함께 오는 곳이었다.

그 말에 원지석의 포크가 멈칫했다.

캐서린과 함께 오겠다는 계획은 취소였다.

원지석이 슬쩍 눈을 돌리자 조용히 음식을 먹고 있는 한채희가 보였다. 퇴폐적인 인상과는 다르게 그녀의 식사는 우아함이 가득했다.

식사가 어느 정도 마무리되자 디저트가 나왔다.

원지석은 홍차를, 한채희는 에스프레소를.

본격적인 이야기는 이제부터 시작이었다.

"나는 자네가 유소년 감독일 때부터 지켜보았네."

딱히 거짓말은 아니었다.

유소년 감독 시절에 로만의 얼굴을 본 적이 많았으니까. 그런 만큼 본인의 안목을 자랑하려거나 예의상 한 말은 아닐 것이다.

"비세르의 추천이 결정에 도움을 줬다고 해도, 자네를 직접 봤기에 할 수 있는 도박이었지."

원지석의 지휘 아래 있던 첼시 U18은 엄청난 팀이었다. 아무리 유소년 축구라도 두 번 연속 트레블을 이루는 건 쉽지 않았으니까.

결국 이때의 일이 토대가 되어 정식 감독으로 부임할 수 있었다.

앤디와 킴을 직접 지도한 것도 큰 수확이었다. 만약 바로 1군 감독으로 올랐다면, 앤디와 킴은 지금 같은 퍼포먼스를 보이지 못하고 사라졌을 것이다.

"우리가 새로운 구장을 계획 중이란 건 알고 있겠지?"

그 말에 원지석이 고개를 끄덕였다.

현재 첼시의 홈인 스탬포드 브릿지는 41,000명 정도를 수용할 수 있었다.

더 큰 발전을 위해 증축의 필요성이 대두되었고, 마침내 올해가 되어서야 재건축 허가가 승인되었다.

첼시가 최근 많은 돈을 쓰지 못하는 것에는 새 경기장도 한몫을 했다. 그 정도로 구단이 중요시 여기는 일이었고.

"거기서도 자네가 지휘하는 모습을 보고 싶군."

로만이 그렇게 말하며 마리나를 보았다.

마리나는 준비했던 서류를 꺼냈다.

그것은 원지석이 재계약을 체결할 경우 어떤 것을 받는지에 대해 정리한 서류였다.

그 내용을 확인하던 한채희가 살짝 놀라며 입을 열었다.

"이건 꽤."

평소 감정 표현이 적은 그녀로선 이례적인 반응이었다. 그 정도로 구단 측에선 파격적인 조건을 내민 듯했다.

"자네도 한번 보는 게 어떤가?"

로만의 물음에 원지석이 고개를 저었다.

연봉은 문제가 아니다.

지금은 단지 때가 아닐 뿐이었다.

"언젠가 제가 첼시로 돌아올 수는 있겠죠."

그 말에 로만의 얼굴이 굳어졌다.

원지석은 상관하지 않고 마지막 말을 덧붙였다.

"하지만 지금은 아닙니다."

그는 자신의 위치를 잘 알고 있었다.

지금이야 유명세를 얻었지만, 결국 트로피 하나 없는 햇병아리일 뿐이다.

그리고 이 팀은 세계적인 감독마저도 자기 목을 간수하기 힘든 곳이었다. 당장 다음 시즌에 경질을 당할지도 모르는 일이니까.

그런 것을 차치하더라도.

원지석은 잉글랜드만이 아니라 더 많은 곳을 경험하고 싶었다.

각 나라의 리그마다 뚜렷한 개성이 있다. 유럽 대항전에서 간접적으로 느끼는 것 말고, 직접 몸으로 부딪치며 더 성장하길 원했다.

"적어도 계약기간은 준수하겠습니다. 중간에 경질당하지 않는다면요."

뼈가 있는 말이었다.

그리고 겁이 없는 말이기도 했다.

옆에 있던 마리나와 비세르가 깜짝 놀란 얼굴로 원지석을 보았다.

돌아이라도 정도가 있지, 계약을 거절하더라도 설마 저런 말을 내뱉을 거라곤 상상하지 않았다.

반대로 한채희는 만족했다는 듯 입꼬리를 늘렸다.

'재미있어.'

자신이 선택한 이 남자는 그녀의 기대를 배신하지 않았다. 그는 점점 자신의 가치를 증명하고 있으며, 그것은 어디서도 볼 수 없는 특별함이었다.

확실히.

이 남자와 함께라면 지루한 일은 없을 것이다.

로만은 멍한 얼굴로 원지석을 보았다.

순간 자신이 잘못 들었나 싶었지만… 주위의 반응을 보니 그런 건 아닌 모양이었다.

솔직히 말해, 십 년 전이었다면 원지석은 이 자리에서 경질당했을 터였다.

하지만 시간은 많은 것을 바꾸었다.

나이는 그에게 흰머리만이 아닌 참을성이란 것을 주었다.

어차피 잡지 못할 고기라면, 그것도 나중에 돌아온다는 약속을 한 고기라면.

"내년 여름엔 우리의 자금 사정도 한숨 놓을 수 있지."

계산을 끝낸 로만이 미소 지었다.

그때를 위해서라도 좋은 관계를 만들어둘 필요성은 있었다.

"영입 리스트를 뽑아오게. 가능한 전폭적인 지지를 약속하지."

*　　　　　*　　　　　*

챔피언스리그 4강 추첨이 끝났다.

첼시 VS 유벤투스.

AS 모나코 VS 레알 마드리드.

첼시의 상대는 유벤투스였다.

유벤투스는 이탈리아 리그인 세리에를 독주하는 클럽이었다. 거기다 알레그리 감독의 부임 이후에는 챔피언스리그에서도 무서운 모습을 보여주었다.

이번 시즌 초반에는 삐걱거리던 모습을 보였던 유벤투스지만, 새로운 돌파구를 찾아낸 뒤엔 무서운 상승세를 보여주는 중이기도 했다.

그 돌파구는 4231 포메이션이었다.

사실 이미 널리 알려진 포메이션이기도 했으나 그 내부 구성이 달랐다.

정통적인 스트라이커인 마리오 만주키치를 왼쪽 윙어로 세우는 파격적인 시도를 감행한 것이다.

놀랍게도 이 변화는 신의 한 수가 되었다.

톱에는 이번 여름 나폴리에 1,100억이라는 기록적인 이적료를 지출하며 영입한 이과인이.

공격형미드필더에는 차세대 메시라 불리는 디발라가.

그리고 무엇보다 뒤를 든든하게 받쳐주는 수비수들을 빼놓을 수 없었다. 바르찰리, 보누치, 키엘리니라는 걸출한 수비수와 오랜 시간 동안 골문을 지켜온 부폰까지.

일명 BBBC라 불리는 수비 라인이 버티고 있었다.

"굉장히 위험한 왼쪽이네요."

원지석의 말에 다른 코치들이 고개를 끄덕였다.

윙어로 변신한 만주키치는 왕성한 활동량으로 팀에 많은 도움을 주었다. 거기다 헤딩도 뛰어나 세트피스에서도 위력적인 선수였고.

왼쪽 풀백인 알렉스 산드루는 한때 원지석이 노렸던 매물이었다.

그는 이번 시즌 포텐을 제대로 폭발시키며 리그 톱급의 풀백으로 성장했고, 챔피언스리그에서도 그 재능을 마음껏 뽐냈다.

이 두 명이 자리 잡은 왼쪽을 잘 막아야만 했다.

"라이언은 어떻습니까?"

전술 코치의 말에 원지석이 좋은 생각이라며 고개를 끄덕였다.

전술 보드에 라이언의 이름이 써진 자석이 붙여졌다.

오른쪽 윙어.

즉 만주키치 전용 수비수로.

"산드루를 막거나 돌파할 수 있을까요?"

그에 반대되는 의견을 꺼낸 코치도 있었다.

확실히 라이언의 피지컬은 파괴적이지만 단순하다.

산드루쯤 되는 풀백이라면 어렵지 않게 막을 수 있을 것이다.

"그럼 킴이 낫겠군요."

수비 코치의 말에 다른 코치들도 이견이 없다며 동의했다. 비록 라이언같이 사기적인 피지컬은 아니지만, 수비적으로는 킴이 더 나았다.

이제는 코치들도 킴을 인정했다.

비록 화려한 스킬이나 골 결정력은 없을지라도, 그는 이 팀에서 누구보다 많이 뛸 수 있는 선수였다.

캉테와 함께 뛸 때는 한 명이 더 뛰는 것 같은 느낌을 줄 때도 있었다.

"코스타는요?"

원지석의 물음에 피트니스 코치가 고개를 저었다.

"더 기다려야 합니다. 빨라도 유벤투스와의 2차전에 교체로 들어갈 수 있을 거 같군요."

코스타의 부상은 생각보다 길었다.

첼시의 의료진은 유럽 축구계에서도 꽤나 수준급인 사람들이었다. 그런 이들도 얄짤없이 푹 쉬라는 통보를 때렸다.

이미 무리뉴 시절 코스타의 햄스트링을 두고 착오가 있었던 만큼, 더 조심스러운 걸지도 몰랐다.

원지석은 챔피언스리그 4강을 앞두고 훈련을 하고 있었다. 그때 그에게 다가오는 사람이 있었다.

라이언이었다.

그는 스마트폰을 들고 콧김을 씩씩거리고 있었는데, 화면 속에는 골 셀레브레이션을 하는 유벤투스의 선수가 있었다.

파울로 디발라.

아르헨티나의 초신성.

이미 유벤투스의 핵심 선수로 자리 잡은 공격형미드필더.

영상 속의 그는 엄지와 검지를 눈 아래에 대고 있었는데,

일명 검투사 셀레브레이션이었다.

"이게 뭐?"

"라이언은 이번 경기에 꼭 나가고 싶다!"

라이언이 자신의 왼쪽 가슴을 쿵쿵 두드렸다. 아무래도 본
인의 별명이 검투사라 그런지 내면의 호승심을 자극받은 것
같았다.

원지석의 대답은 단호했다.

"안 돼. 안 뽑아줘. 돌아가."

"왜!"

"전술적인 이유야. 명단에서 빼버리기 전에 고집부리지 마."

라이언은 울상이 된 얼굴로 돌아갔다.

옆에서 전술 지시를 받던 킴이 둘을 보며 한숨을 쉬었다.

                *   *   *

챔피언스리그 4강.

이번 경기만 이기면 결승에 오를 수 있다.

양 팀은 현재 그들이 내놓을 수 있는 최상의 전력을 가져왔
다.

유벤투스는 4231을.

첼시는 442를.

오늘 첼시의 전술은 유벤투스의 왼쪽을 봉쇄하고, 오른쪽을 공격하는 식이었다.

유벤투스의 오른쪽 윙어인 콰드라도는 그 장단점이 분명한 선수였다. 본인을 위주로 전술을 짜고, 상대적으로 약한 팀을 만났을 땐 매우 좋은 모습을 보여준다.

하지만 수준 높은 팀을 만났을 땐 달랐다.

거기다 오늘 오른쪽 풀백으로 나온 바르찰리는 공격을 최대한 자제하는 선수였다.

즉 첼시의 왼쪽 라인인 아자르와 제임스가 최대한 그들을 괴롭혀야 했다.

"노인네들 상대하는 게 뭐 그리 어렵다고."

제임스가 껌을 질겅질겅 씹으며 중얼거렸다.

그때 하프라인을 기준으로 건너편에 있던 디발라와 눈을 마주치자 그가 눈을 찡긋거렸다.

'빨리 끝내고 제시한테 선물 줄 것 좀 사야지.'

이탈리아까지 왔는데 빈손으로 돌아갈 수는 없지 않겠는가.

하지만 이렇게 여유 넘치던 제임스의 얼굴은 곧 구겨지고 말았다.

"와, 진짜 미치겠네!"

그는 유벤투스의 통곡의 벽을 체험하는 중이었다.

제임스로서는 처음 느껴보는 당혹감이기도 했다. 원래 여기서 슛을 하면 들어가야 하는데 이미 수비수가 커팅을 하거나, 골키퍼가 막아냈다.

"칭찬 고맙다, 꼬마야."

제임스의 볼을 뺏어낸 키엘리니가 웃으며 답했다.

유벤투스의 수비진은 노련했다. 경험에서 나오는 노련미는 제임스를 꽁꽁 묶는 데 성공하는 중이었다.

유벤투스의 역습은 매서웠다.

중앙미드필더 피아니치가 길게 공을 보냈다.

그걸 환상적인 퍼스트 터치로 잡아낸 디발라가 그대로 몸을 돌리며 파샬리치의 압박을 벗어났다.

―공을 받은 디발라가 달립니다!

디발라는 새로운 판타지 스타라 불릴 정도로 화려한 개인기를 사용하는 선수였다.

캉테가 뒤에서 따라붙었지만 그는 공을 뺏기 위해 들어오는 발을 피하며 다시 한번 압박을 벗어났다.

이제 남은 건 센터백들이었다.

아스필리쿠에타의 지시를 받은 주마가 디발라를 향해 달렸다. 하지만 발이 닿기 직전, 쾅 하는 소리와 함께 공이 골대를 향해 쏘아졌다.

　왼발로 찬 슛이 쿠르트아의 손을 벗어나며 그대로 골 망을 출렁였다.

　―디발라아아아! 골입니다! 먼 거리에서 골을 작렬시킨 파울로 디발라!

　"시벌."

　원지석이 검투사 셀레브레이션을 보이는 디발라를 보며 나직이 욕설을 토했다. 동시에 뒤통수가 따끔따끔한 게 느껴졌다.

　슬쩍 뒤를 돌아보니.

　라이언이 그를 뚫어지게 보고 있었다.

　　　　　*　　　　*　　　　*

　전반전이 끝났다.

　디발라의 골로 첼시가 뒤처지고 있는 상황.

　라커 룸을 한바탕 뒤집었던 원지석이 앓는 소리를 내며 고민에 빠졌다.

　'이걸 꺼내, 말아.'

혼자서 두 명분의 자리를 차지한 라이언이 보였다.

녀석은 아까부터 눈빛으로 무력시위를 하는 중이었다. 경기에 나가서 싸우고 싶다는, 무언의 압박을.

물론 감독은 선수의 욕망보단 팀의 운영을 우선해야 했다. 그랬기에 그럴 상황이 아니라면 가차 없이 무시했겠지만, 지금은 달랐다.

중원에서 캉테와 짝을 이룬 파샬리치는 나쁘지 않은 플레이메이커였다.

그는 활발히 움직이며 수비적으로도 도움을 주는 미드필더였지만, 디발라를 막기엔 힘에 부치는 게 보였다.

'차라리 킴을 중앙으로 세운다면.'

스티브 홀랜드와 상의한 원지석이 이윽고 고개를 끄덕이며 바뀐 전술을 설명했다.

"라이언!"

자신을 부르는 소리에 귀를 쫑긋거린 라이언이 몸을 벌떡 일으켰다. 원지석은 그의 기대를 배신하지 않았다.

"후반전부터는 네가 오른쪽 윙으로 뛴다."

라이언은 맡겨만 달라는 듯 고개를 끄덕였다.

원지석은 킴과 앤디를 가리키며 말했다.

"킴은 중앙에서 디발라를 막아주고, 앤디는 조금 더 내려와서 플레이 메이킹을 해줘."

전술 설명을 끝낸 원지석이 파샬리치를 보았다.

녀석은 오늘 생각보다 이른 교체에 실망하고 있었다.

"잘했어. 네가 못했다기보다는 전술적으로 바뀔 시점이어서 그랬던 거야. 기죽지 마라."

"이해해요."

파샬리치가 쓰게 웃으며 답했다.

그렇게 휴식 시간이 끝나고 후반전이 시작되었다.

—첼시가 선수를 교체하는군요. 아, 라이언이에요! 잉글랜드의 검투사가 들어섭니다!

경기장에 들어서는 라이언의 얼굴은 비장해 보일 정도였다.

어릴 때부터 영화나 드라마에 나오던 검투사를 동경했던 녀석에게, 이 순간만큼은 경기장이 콜로세움으로 느껴질지 몰랐다.

라이언은 원지석의 지시대로 오른쪽 윙에 자리를 잡았다.

휘슬 소리와 함께 경기가 재개되었다.

앤디가 더 아래로 내려오며 첼시의 포메이션도 약간의 변화가 생겼다. 사실상 4231이라 하는 게 좋을 것이다. 다만 주기적으로 제임스와 위치를 스위칭하며 수비들을 혼란시켰다.

교체로 들어간 라이언은 엄청난 활동량을 보여주며 산드루와 만주키치를 막았다.

그의 움직임을 보면 이게 측면미드필더인지, 윙백인지, 윙어인지 헷갈릴 정도로 많은 수비 가담을 해주는 중이었다.

어찌 보면 만주키치와 비슷한 롤을 맡았다고 할 수 있었다.

첼시는 안정적인 경기 운영을 가져갔지만 동시에 공격력도 무뎌지게 되었다.

"아오!"

제임스가 골대를 맞고 튕긴 공을 보며 머리를 감쌌다.

개인기로 보누치를 따돌린 그가 모처럼 날린 슛이었는데, 기어코 들어가지 않은 것이다.

―오늘 첼시의 공격이 잘 풀리지 않는군요.

―반대로 유벤투스의 수비진들은 컨디션이 좋아 보입니다.

리그에서 독주 중인 첼시도 질 때가 있다.

지금의 모습은 그때를 떠올리게 했다.

여러 이유가 있지만, 가장 눈에 띄는 것은 제임스의 부진이었다. 공격의 기름칠을 하던 선수가 잠잠하니 다른 공격진까지 삐걱거리게 된 것이다.

그럴 때는 아자르나 앤디의 개인 기량으로 골을 넣었지만, 오늘은 아직까지 그런 모습이 나오지 않은 상황.

시간은 계속해서 흘렀다.

어느덧 후반 70분이라는 시간.

원지석은 새로운 변화를 주기로 마음먹었다.

"앤디!"

무언가를 끄적거린 원지석이 앤디를 불렀다.

자기 진영으로 돌아가던 앤디가 고개를 갸웃거리며 터치라인을 향해 다가갔다.

원지석은 노트를 앤디에게 보여주었다.

종이엔 볼펜으로 그려진 그라운드가 있었다.

수정된 내용을 알려준 원지석이 앤디의 등을 두드리며 말했다.

"애들한테도 알려줘!"

고개를 끄덕인 앤디가 지시받은 내용을 전달했다. 제임스는 자존심 때문인지 얼굴을 구겼지만 이윽고 알겠다며 고개를 끄덕였다.

바뀐 전술은 바로 적용되었다.

제임스와 앤디가 공을 몰고 공격하는 대신, 유벤투스의 중원과 수비진을 압박하는 모습을 보인 것이다.

―첼시가 전술을 바꾸었군요. 투톱의 역할이 디펜시브 포워드로 바뀌었습니다.

변화를 눈치챈 중계진이 이를 언급했다.

디펜시브 포워드.

즉, 좀 더 압박을 하는 공격수였다.

수비진에게서 뺏어낸 공으로 바로 역습을 해야 하기 때문에 빠른 공수 전환이 핵심인 역할이기도 했다.

AT 마드리드 시절의 코스타나, 레스터 시티의 제이미 바디가 이 역할로 많은 골을 넣으며 명성을 떨쳤다.

첼시는 투톱이 압박에 가담하는 대신 윙어인 아자르와 라이언을 더 높이 올렸다.

이렇게 해서 역습 상황엔 네 명의 공격수가 가담하는 424 포메이션이 될 수 있는 전술이었다.

85분.

마침내 첼시가 기회를 잡았다.

압박에 취약한 피야니치에게서 캉테가 공을 뺏어낸 것이다.

캉테에게서 패스를 받은 앤디의 시선이 앞을 향했다.

자신을 제외한 세 명의 공격수가 수비 라인을 향해 달려가고 있었다.

하지만 아자르와 제임스는 바르찰리, 보누치, 키엘리니에게 꽁꽁 묶여 있는 상태.

결국 앤디는 반대쪽을 살폈다.

산드루를 따돌리고 페널티에어리어를 향해 뛰어가는 라이언의 모습이 보였다.

앤디는 저 골리앗을 믿어보기로 했다.

길게 올려진 크로스가 페널티에어리어를 향해 휘어졌다.

"우워어어!"

라이언이 함성을 지르며 점프를 뛰었다.

제임스를 마크하던 키엘리니가 빠르게 달려와 헤딩 경합을 시도했지만, 이미 골리앗은 하늘 높이 떠오른 뒤였다.

ㅡ라이어어어언!

ㅡ골입니다! 통곡의 벽을 뛰어넘어 공중폭격에 성공한 라이언 반스!

"라이언이! 라이언만이 검투사다!"

중계 화면에 골 셀레브레이션을 하는 라이언의 모습이 잡혔다. 평소처럼 함성을 지르며 달리는 게 아닌 엄지와 검지를 눈 밑에 대는 것을.

ㅡ하하, 라이언이 디발라의 셀레브레이션을 따라 하는군요!

곧 중계 화면은 파울로 디발라의 모습을 잡아주었다.

골을 먹혀 허탈한 표정을 짓던 그는 이내 라이언을 보며 피식 웃음을 터뜨렸다.

삐이익!

이윽고 경기가 끝났다.

귀중한 원정골을 챙기고 무승부를 기록한 첼시였다.

*　　　　　*　　　　　*

「[BBC] 전술 싸움에서 승리한 원지석」

「[가디언] 통곡의 벽을 넘은 '글래디에이터' 라이언!」

무승부이긴 했지만.

원정골로 인해 첼시가 유리한 입장에 섰다고 말할 수 있었다.

비단 스코어 말고도 원지석이 라이언을 다시 보는 경기가 되기도 했다.

라이언은 그동안 피지컬에선 상대방을 압도하는 모습을 보였지만, 세심한 플레이에서 한계를 드러냈던 게 사실이다.

그만큼 라이언을 쓸 전술은 제한적이었다.

하지만 이번 경기에선 달랐다.

무엇보다 달라진 점은 시야가 넓어졌다는 거였다. 언제 수비를 할지, 공격에 들어갈지 흐름을 읽고 있었다.

'스펀지 같은 녀석.'

앤디나 제임스처럼 번뜩이는 천재성은 없다.

다만 가르치는 것은 매우 빠르게 습득했다.

'가능할지도 몰라.'

원지석은 다가올 2차전에서 도박을 해보기로 했다.

「[오피셜] 첼시, 선발 라인업 발표」

사람들은 유벤투스와의 2차전을 앞두고 발표된 첼시의 라인업을 보며 눈을 크게 떴다.

1차전에서 좋은 모습을 보여준 라이언이 뽑힌 것은 이해할 수 있는 일이었다. 하지만 그 위치가 문제였다.

오늘 첼시는 간만에 쓰리백을 꺼냈다.

그리고 그 가운데, 스위퍼의 역할을 맡아야 할 자리에는.

라이언이 있었다.

가짜 리베로가 다시 등장한 것이다.

그만큼 옆에 있는 아스필리쿠에타의 역할이 중요했다. 큰 틀은 감독이 잡아줄 수 있어도, 경기 안에서 빠르게 수비를 지휘할 사람은 그였다.

유벤투스는 4231을 그대로 들고 나왔다.

첼시의 홈인 스탬포드 브릿지는 빅 매치를 앞두고 팬들의 열기로 뜨거웠다.

 ─오늘 첼시는 실험적인 전술을 꺼냈습니다. 라이언의 센터백 변화인데, 어떻게 생각하십니까?
 ─예전에 맨 시티전에서 잠깐 나왔었던 전술이군요. 당시에는 경기 자체가 변칙적이었기에 괜찮은 효과를 보았지만, 지금은 또 어떨지 모르겠네요.

 적어도 괜히 이런 전술을 꺼낸 게 아닐 것이다.
 그런 추측 말고는 직접 경기가 실행되기 전까지 알 수 없었다.
 원지석은 아랫입술을 깨물며 경기를 보았다.
 훈련에선 꽤나 좋은 결과가 나왔다.
 하지만 중요한 건 실전이다.
 '잘하자.'
 그의 시선은 다른 센터백들보다 살짝 더 앞에 나와 있는 라이언을 향했다.
 오늘 전술의 핵심은 라이언이었다.
 사실상 녀석을 위해 짜인 판이라고 봐도 좋았다.
 삐이익!

경기가 시작되었다.

오늘 첼시는 최전방에 제임스가, 그 아래에 아자르와 앤디가 섰다.

중앙에는 캉테와 킴이.

윙백으로는 모제스와 시디베가.

이러한 구성은 빠른 공수 전환을 가능하게 했다.

유벤투스의 공격이 시작되었다.

공을 잡고 달리는 사람은 사미 케디라였다.

선수 경력 내내 부상을 달고 다녔던, 유리 몸이란 별명까지 있는 그였지만 이번 시즌은 달랐다. 오히려 다른 미드필더들이 부상을 당하며 홀로 중원을 책임진 것이다.

이제는 팀의 새로운 엔진이라 불리는 그가 계속해서 달렸다. 그에 맞춰 유벤투스의 선수들도 앞으로 나아가기 시작했다.

점점 조여오는 압박에 케디라는 디발라에게 공을 넘겼다.

디발라는 순간적인 가속으로 킴을 따돌렸다. 동시에 몸을 비벼오는 캉테를 버티면서 계속해서 앞으로 나아갔다.

그때 나타난 건 라이언이었다.

자신의 앞을 막아선 거대한 덩치를 보며 디발라의 눈이 이채를 띠었다.

1차전에서 동점골을 넣은 뒤 자신의 셀레브레이션을 따라

하는 걸 봤기에, 관심이 가지 않을 수가 없는 선수였다.

덕분에 그에게 글래디에이터란 별명이 있는 것을 알게 되었다.

딱히 그 셀레브레이션에 큰 의미를 둔 것은 아니지만… 눈앞에서 도발을 당한 게 아닌가.

디발라가 씨익 웃으며 속도를 올렸다.

지난번의 도발을 되갚아줄 생각이었다.

하지만 라이언은 그에게 태클을 하지 않았다. 오히려 슬슬 몸을 뒤로 빼며 피하는 모습을 보였다.

'뭐야?'

디발라는 눈살을 찌푸렸지만 좋게 생각하기로 했다. 수비수가 알아서 빠져주니 골문이 코앞이었다.

하지만 아까부터 거머리처럼 달라붙는 캉테 때문에 여유가 넘치는 상황은 아니었다.

그런 상황에 아스필리쿠에타가 태클을 시도하자 그는 공의 방향을 바꾸려 했다. 하지만 먼저 공을 채가는 사람이 있었다.

라이언이었다.

몰이사냥처럼 미리 길목을 차단했던 그가 개인기를 하려던 순간의 멀어진 공을 뺏은 것이다.

뺏어낸 공은 바로 윙백에게 전해졌다.

공을 받은 모제스는 드리블만은 수준급인 선수였다. 그가 측면을 빠르게 돌파하자 첼시 선수들 역시 빠르게 공격으로 전환했다.

그중에서도 가장 빠른 것은 라이언이었다.

어느새 제임스 뒤까지 온 그를 보며 모제스가 크로스를 올렸다. 웬일로 깔끔하게 들어간 크로스였다.

제임스의 앞에는 유벤투스의 수비진이 있었지만, 라이언과 헤딩 경합을 하러 가기엔 너무 멀었다.

그만큼 먼 거리에서 한 헤딩은.

투웅!

유벤투스의 골대를 맞추며 수비진들의 간담을 서늘하게 했다.

"영점 조절만 하면 되겠는데?"

원지석이 그렇게 중얼거리며 입맛을 다셨다.

이번 전술에 그가 붙인 이름은 슬링.

일명 돌팔매질이었다.

가장 원시적이지만, 한 대라도 맞으면 무사하지 못할 것이다.

*   *   *

이 돌팔매 전술에서 돌은 라이언이었다.

골리앗이라고도 불리는 녀석에게 슬링이라니, 기묘하다 생각하는 사람도 있겠지만.

여기서 돌을 던지는 줄은 윙백들이다.

때로는 앤디나 아자르가 대신 그 역할을 하기도 했다.

　—또다시 라이언이 헤딩슛을 합니다! 겨우 그 공을 쳐내는 부폰!

전술의 특징이자 한계는 난사를 한다는 거였다. 하지만 대부분의 헤딩이 골문을 향하자 골키퍼인 부폰으로서는 죽을 맛이었다.

"똑바로 해!"

화난 부폰이 소리치며 수비수들을 갈궜다.

그 말에 수비진들이 짜증 난다는 듯 머리를 긁적였지만 딱히 할 말은 없었다.

그들이라고 라이언을 막지 않고 싶겠는가. 하지만 저 미친 헤딩을 막으려면 수비 라인을 바짝 올려야 하는데, 이러면 오프사이드트랩이 뚫릴 위험이 커진다.

"NBA나 갈 것이지, 지가 조던이야?"

키엘리니가 침을 뱉으며 중얼거렸다.

이 무슨 근본 없는 전술이란 말인가.

그 헤딩 머신이라는 호날두도 이렇게 하진 않는다.

결국 유벤투스의 감독인 알레그리가 미드필더진을 내리며 전술적인 조치를 취했다. 라이언보다는 그에게 가는 크로스를 차단하기 위해 선택한 결정이었다.

그리고 윙어인 만주키치는 수비형미드필더처럼 라이언을 따라다니며 헤딩을 하지 못하게 했다.

대신 공격진의 부담을 디발라와 이과인이 책임지게 되었다.

이과인은 결정력이 탁월했지만 혼자서 무언가를 만드는 공격수는 아니었다.

결국 혼자서 드리블, 개인기, 찬스 메이킹까지 해야 하는 디발라를 틀어막을 경우 이과인은 고립될 수밖에 없었다.

"또 너냐!"

이과인은 자신의 앞을 막아선 라이언을 보며 짜증을 냈다. 이 괴물은 사람이 아니라 기계라도 되는 건지, 아직까지 지치지 않는 모습을 보였다.

―오늘 라이언은 첼시와 유벤투스의 페널티에어리어를 쉼 없이 달리고 있습니다. 놀라운 체력이군요!

해설진 역시 감탄하며 라이언을 언급했다.

수비에서 끊어낸 공을 쿠르트아가 잡아냈다. 골키퍼가 공을 잡은 사이 상대방의 진영을 향해 라이언이 엄청난 속도로 달리기 시작했다.

'할 수 있을까.'

쿠르트아가 그 뒷모습을 보며 고민에 빠졌다.

그는 골킥에 그리 좋은 모습을 보여주지 못했다. 손으로 던지는 스로인은 그나마 낫지만, 그 거리도 한계가 있게 마련.

하지만 이미 공격수 두 명을 빼고 수비진을 내린 유벤투스의 선수들을 보니 고민이 되었다. 윙백들을 포함해 크로스를 올릴 사람들이 모두 견제를 당하고 있기 때문이다.

'에라이.'

결국 쿠르트아는 젖 먹던 힘까지 짜내며 공을 멀리 보냈다.

다행히 그 공은 라이언이 있는 곳까지 닿을 수 있었다. 앞으로 뛰어가려던 라이언도 멈칫거리며 공이 떨어질 곳을 예측했다.

그 모습에 유벤투스 선수들이 안도의 한숨을 쉬었다. 속력이 줄은 만큼 이전처럼 위력적인 헤딩을 하지 못할 거라 생각한 것이다.

하지만 공이 꼭 골문을 향하라는 법은 없었다.

"덩치!"

제임스가 그렇게 말하며 수비수들 사이를 파고들었다. 라이언이 헤딩을 한 것도 동시였다.

공은 수비진의 키를 넘으며 오프사이드트랩을 뚫은 제임스에게 떨어졌다.

베테랑 골키퍼인 부폰이 슈팅 각도를 좁히기 위해 튀어나왔다. 하지만 이전 경기에서 부진했던 제임스는 그만큼 이를 갈고 나온 상황이다.

'못 넣으면 축구 때려치워야지.'

혀로 아랫입술을 적신 제임스가 공을 톡 밀어 넣었다.

이번에는 절대 실수하지 않을 자신이 있었다.

—제임스으으으! 고오올! 골입니다! 스탬포드 브릿지의 악마가 통곡의 벽을 넘는 데 성공합니다!

—오늘 첼시는 정말 기괴한 전술을 꺼냈는데 그게 결국 성공하는군요. 라이언의 머리가 정말 큰일을 해냅니다.

중계 카메라에 손가락 하트를 하는 제임스가 보였다. 첼시 선수들 사이에서 화제가 되었던 원지석의 기사를 보며 써먹는 듯했다.

"우워어어!"

"아 씨, 진짜!"

자신에게 태클을 하듯 뒤에서 덮친 라이언 때문에 제임스가 밑에 깔리고 말았다.

이윽고 한 명, 두 명 그 위에 올라타기 시작하니 결국 샌드위치 셀레브레이션로 변질되며 끝났다.

　―하하, 셀레브레이션 브레이커가 또다시 자신의 이름값을 해냅니다.

　―첼시에서 가장 많은 별명을 가진 사람이군요.

SNS에서 퍼지는 별명을 언급한 해설진이 웃음을 더뜨렸다.

"그냥 다 공격해!"

열세에 처한 유벤투스가 라인을 올렸다.

그만큼 수비가 헐거워졌지만, 대신 라이언의 헤딩 거리도 더 멀어졌기에 더 이상의 슬링은 무리였다.

원지석은 슬슬 교체 카드를 꺼내기로 했다.

"준비됐어요?"

"물론."

온몸에 좀이 쑤시다는 듯 코스타가 몸을 풀었다.

곧 첼시 쪽에서 선수교체를 알렸다.

　―부상에서 돌아온 코스타가 교체로 들어갑니다!

디에고 코스타.

첼시의 짐승이 긴 부상을 깨고 돌아온 것이다.

코스타와 교체된 라이언이 손을 내밀고 있는 원지석을 향해 다가갔다.

짜악!

라이언은 하이 파이브 대신 포옹을 선택했다.

"어억!"

제 딴에는 고맙다는 마음과 오늘 자신의 경기력이 마음에 들어서 나온 행동이겠지만, 원지석에게는 인간 전차가 느닷없이 태클을 걸어온 것이기에 비명 비슷한 소리가 터졌다.

벤치로 들어간 라이언은 머리 위에 얼음주머니를 올렸다. 그게 중계 카메라에 잡혔을 때 사람들의 반응은 폭발적이었다.

—달궈진 뚝배기 식히는 거 봐ㅋㅋ

—왜 이렇게 귀엽냐ㅋㅋㅋ

—오늘 무슨 로켓포 보는 줄 알았다.

한편 이번 교체는 유벤투스가 라인을 올린 만큼 거기에 맞춘 변화라고 볼 수 있었다.

라이언의 헤딩은 더 이상 위력적이지 못했다.

대신 틈이 없던 수비진이 헐거워졌다.

코스타는 복귀전인데도 헌신적인 모습을 보였다. 보는 원지석이 또 부상이 재발하면 안 된다며 걱정을 할 정도로.

다만 이런 노력과는 다르게 이후 더 이상의 골은 터지지 않았다.

삐이익!

경기가 끝났다.

코스타는 홈 팬들에게 박수를 치며 자신의 복귀를 알렸다.

교체 후 별다른 활약을 보이진 못했지만, 그로서도 복귀와 경기력을 올리는 데 의의를 둔 경기였으니 첫술에 배부를 수는 없었다.

이렇게 첼시는 다시 한번 챔피언스리그 결승으로 올라가게 되었다.

상대는 레알 마드리드.

지난 시즌의 매치업이 다시 한번 재현된 것이다.

'내년에 보죠. 그때는 다를 겁니다.'

빅이어를 두고 무릎 꿇었을 때.

손만 뻗으면 닿을 수 있는 거리임에도 잡지 못했다.

그때 지단을 앞에 두면서 한 말.

그 말을 실행할 때가 되었다.

　　　　*　　　　　*　　　　　*

　레알 마드리드전에 앞서 첼시는 리그를 마무리해야 했다.

　첼시는 계속해서 리그에서 1위를 달리는 중이었다. 그리고 이제 한 경기를 비기기만 하더라도 우승을 확정 지을 수 있었다.

　우승으로 가는 길의 마지막 관문.

　그 수문장은 맨체스터 유나이티드였다.

　원지석의 스승인 무리뉴가 제자의 우승을 막기 위해 서 있는 것이다.

　이번 시즌 맨유의 감독으로 부임한 무리뉴는 그 명성에 맞지 않는 성적을 기록하고 있었다.

　리그에선 4위권 경쟁이 사실상 힘들어 보였으며, 결국 유로파 리그의 우승을 통한 챔피언스리그 티켓을 노리는 중이었다.

　그렇다고 해서 빅 매치를 포기할 필요는 없었다. 맨유 역시 결승행을 확정 지었기에 로테이션을 돌릴 필요가 없는 상황.

　서로 각자의 사정이 있는 만큼 이번 대결에선 피할 수 없는 자존심 싸움이 예상되었다.

　「[스카이스포츠] 스페셜 원들의 대결」

언론들은 이 매치에 이러한 이름을 붙였다.

스페셜 원.

특별한 존재인 무리뉴와 특별한 원지석의 대결.

"지지 않을 겁니다."

무리뉴는 이번 경기를 앞두고 승리를 다짐했다. 라이벌인 첼시에게, 제자인 녀석에게 질 수는 없다는 뜻이었다.

"스페셜 원이란 별명을 넘겨받도록 하죠."

원지석 역시 잘 하지 않던 도발적인 인터뷰로 웅수했다. 덕분에 경기는 사람들의 뜨거운 관심을 받았다.

원지석과 첼시 선수들이 올드 트래포트에 입장했다.

언제 와도 웅장한 느낌이 드는 경기장이었다. 꽉 찬 사람들을 보면 왜 수입 말고도 더 많은 좌석이 필요한지 알 것 같았다.

홈 팀인 맨유의 선수들이 일렬로 서서 지나가는 첼시 선수들과 악수를 나누었다.

"아직 내 별명을 주기엔 너무 이르군."

"뺏을 거니까 상관없어요."

악수를 나누던 원지석과 무리뉴가 서로를 보며 씨익 웃었다.

이제 벤치에 앉는 순간부터 둘은 상대를 물어뜯기 위한 적수가 된다.

삐이익!

경기가 시작되었다.

맨유는 주포인 즐라탄을 부상으로 잃으며 공격에 공백을 느끼는 상황이었다. 래쉬포드나 마샬이나 나쁘지 않은 자원이긴 했으나, 둘은 아직 성장하는 유망주들.

반면 첼시는 부상자 없이 이번 시즌 최고의 전력을 그대로 내보냈다.

부상 복귀 후 첫 선발인 코스타는 아직 폼을 회복하지 못하고 둔한 모습을 보여주는 중이었다.

수비 조련에 일가견이 있는 무리뉴는 맨유의 수비진을 안정화시켰다. 그전까지는 불안하던 수비진을 다른 선수들로 탈바꿈시킨 것이다.

덕분에 코스타는 자신의 플레이가 번번이 막히자 짜증을 내는 모습이 많이 보였다.

"짜증 낼 시간에 더 집중해요!"

원지석이 그런 코스타에게 소리를 질렀다.

마음이 조급해진 건지 이후에도 그는 시야가 좁아진 플레이를 보여주었다.

오죽하면 이번 시즌 워스트로 불려도 할 말이 없는 블린트에게 틀어막히는 모습을 보여주는 중이었으니까.

'최악이네.'

계속해서 템포를 질질 끄는 그를 보며 원지석이 얼굴을 구겼다. 몸이 둔한 게 문제가 아니라 저 아집이 문제였다.

코스타의 이기적인 욕심은 팀 입장에서는 전혀 도움이 되지 않았다.

혼자 공을 끌면서 맨유의 수비수들이 복귀할 시간을 주고, 무리한 돌파를 하다 공을 막히니 차라리 없는 게 나은 수준이었다.

무리뉴는 이 틈을 놓치지 않았다.

래쉬포드와 마샬은 아직 완성되지 않은 공격수라지만 그 스피드는 폭발적이었다.

거기다 윙어로 나온 제시 린가드는 활동량이 매우 뛰어난 선수였다. 역습 상황에서 공을 잡은 그가 측면 터치라인을 따라 달리기 시작했다.

─맨유의 역습이 시작됐습니다! 빨라요!

린가드의 패스를 받은 포그바가 전방을 향해 긴 패스를 올렸다. 채찍처럼 휘는 얼리 크로스였다.

그 크로스를 받은 마샬이 짧게 찌른 스루패스로 수비 라인을 뚫었다.

―래쉬포드으으!! 고오오올!!

―맨유의 환상적인 역습이 결국 성공합니다!

출렁이는 골 망을 보며 원지석이 고개를 저었다.

"내가 먹힌 골 중 최악의 골이야."

코스타는 자신의 플레이가 부끄러운지 고개를 들지 못했다. 그게 쪽팔린 걸 아는 건 다행이었다.

"이 개새끼가, 결승전에 이름 올리고 싶으면 정신 똑바로 차려!"

원지석 말이 쩌렁쩌렁 울렸다.

코스타가 자신의 잘못을 인정한다는 듯 손을 들며 고개를 끄덕였다.

이후 경기는 라인을 내린 맨유의 수비진을 뚫기 위해 고군분투하는 첼시의 모습뿐이었다.

문제는 첼시의 공격이 하나도 위협적이지 않다는 거였다.

유효슈팅 0.

처참한 숫자였다.

오히려 가끔 나오는 맨유의 역습이 훨씬 위협적일 정도였다. 첼시가 수비 라인을 올린 만큼 발이 빠른 맨유의 공격수들은 제집처럼 뒤 공간을 털었다.

결국 최악의 상황이 한 번 더 나왔다.

치고 달리기로 첼시의 뒤 공간을 고속도로처럼 달린 마샬이 손쉽게 골을 추가한 것이다.

그렇게 전반전이 끝났다.

"아 시발."

첼시 선수들이 자신을 잡아먹을 듯 보는 원지석을 확인하곤 손으로 눈을 덮었다. 사형대로 걸어가는 사형수의 기분이 이런 걸까.

그 예상은 틀리지 않았다.

콰앙!

'자리 좀 바꿔줘. 제발.'

철제 쓰레기통을 겨우 피한 제임스가 떨리는 눈으로 고개를 들었다.

"너네 뭐 하냐?"

지옥에서 기어온 사냥개가 거기 있었다.

*　　　　*　　　　*

"진짜 눈을 의심했습니다. 이게 내가 아는 그 팀이 맞는 건가? 대체 45분 동안 무슨 일이 있었어요?"

원지석의 질책에 선수들은 입을 열지 못했다.

그들도 자신의 퍼포먼스가 수준 미달이란 걸 깨닫고 있었기 때문이다.

다른 팀 같은 경우엔 다른 녀석들의 잘못이라며 책임을 돌리거나, 라커 룸 분위기가 개판인 경우 감독의 탓을 하는 일까지 있다지만.

여기서는 상상도 할 수 없는 일이었다.

맨 처음 물어뜯긴 것은 수비진이다.

오늘 그들이 저지른 한심한 실수가 하나하나씩 귓가를 파고들었다.

평소 그렇게 아꼈던 아스필리쿠에타도 이번엔 비판을 피해 가지 못했다. 왜 더 빠르게 수비 라인에 복귀하지 못했냐는 게 그 이유였다.

미드필더진은 그나마 덜했다.

캉테와 킴, 그리고 앤디 같은 경우는 가벼운 충고를 끝으로 넘어갈 뿐이었다.

'그거뿐이야?!'

쥐 잡듯 털린 제임스가 입술을 삐죽 내밀었지만 입 밖으로 꺼내진 못했다. 그 역시 오늘 미드필더진의 고생을 알고 있었다.

만약 저 셋이 아니었다면 중원은 붕괴되었을 것이다.

문제는 공격진이었다.

오늘 가장 부진했던 코스타는 제임스보다 더한 갈굼을 받았다. 자신의 실수가 적나라하게 지적되자 그의 얼굴이 붉어졌다.

결국 참지 못한 그가 몸을 일으키며 원지석을 노려보았다. 원지석도 피하지 않고 그 눈을 마주 보았다.

잠시 눈싸움을 하던 코스타는 이내 라커 룸을 나가며 거칠게 문을 닫았다.

쾅!

"후우."

한숨을 쉰 원지석이 고개를 돌려 선수들을 보았다.

"바뀐 전술을 설명할게요."

"저 양반은요?"

제임스가 문 쪽을 손가락질하자 다른 사람들도 궁금했던지 물끄러미 그의 모습을 보았다.

원지석이 어깨를 으쓱이며 답했다.

"선수교체는 없습니다."

코스타는 자극하면 자극할수록 반응하는 선수였다.

목줄이 풀린 짐승이 어떤 모습을 보여줄지 지켜볼 시간이었다.

*　　　　*　　　　*

―후반전 들어 첼시가 조심스레 경기를 운영하고 있습니다.

　―반대로 맨유의 선수들은 역습으로 확실히 자세를 바꾼 것 같군요.

　전반 막판처럼 무리한 공격은 나오지 않았다.

　돌다리를 두드리듯 조금씩 간을 보며, 틈이 있는 곳을 확인한다.

　"너네 싸웠냐?"

　"뭐?"

　자신을 마크하던 필 존스가 한 말에 제임스가 얼굴을 구겼다. 필 존스는 턱으로 코스타 쪽을 가리키며 말을 이었다.

　"저 녀석은 표정이 왜 저래?

　잔뜩 구겨진 얼굴의 코스타가 보였다.

　그는 조심스러운 다른 첼시 선수들과 다르게 혼자 수비진을 헤집고 다녔는데, 고군분투하는 그 모습이 동떨어진 느낌을 주게 했다.

　"신경 꺼."

　짜증 섞인 대답을 한 제임스가 몸을 움직였다.

　라커 룸에서 원지석이 지시한 전술.

그건 코스타의 움직임에 최대한 맞춰주는 거였다.

여기서 앤디와 제임스의 역할이 중요했다. 코스타가 막힘없이 움직일 수 있도록 판을 깔아줘야만 했다.

앤디가 찌른 날카로운 패스가 맨유의 미드필더 사이를 지나며 제임스에게 배달되었다.

제임스는 그 공을 발등으로 올리며 높이 띄웠다. 맨유의 수비진들이 재빠르게 압박에 들어갔지만, 자리를 지키며 코스타가 움직일 시간을 주었다.

그리고 코스타가 수비의 뒤를 돌아가며 움직일 때.

공중에서 떨어지는 공을 제임스가 뒤꿈치로 패스했다.

―제임스의 환상적인 패스가 코스타에게 갑니다!

―오, 이럴 수가! 이번에도 골대를 맞추는군요!

텅!

"아오!"

골대를 맞고 튕겨 나가는 공을 보며 코스타가 잔디를 움켜잡았다. 주먹으로 땅을 쾅쾅 쳐도 분노가 가라앉지 않았다. 무엇보다 쪽팔린 건 자신의 실력이었다.

"디에고, 일어나."

아자르가 그런 코스타를 격려해 주었다.

"부상으로 쉬다가 이제 첫 선발이잖아. 그럴 수 있는 거지."

동료들의 격려에 코스타가 한숨을 쉬며 고개를 끄덕였다.

그는 지금 자신의 폼이 버러지 같다는 걸 인정했다. 그제야 조급했던 마음이 누그러지는 걸 느꼈다.

이후 코스타가 경기를 풀어나가는 스타일이 바뀌었다.

이전까지는 직접 공을 끌며 무리를 했던 반면, 이제는 다른 공격수들이 숨을 쉴 수 있게 이타적인 모습을 보였다.

결국 그 노력은 골로 보답받지 못했지만, 팀의 우승에 도움을 주었다.

─코스타가 다시 한번 프리킥 찬스를 만들어냅니다!

─마치 AT 마드리드 시절을 떠올리게 하는 압박과 역습이었습니다.

페널티에어리어 밖에서 파울을 당한 코스타가 몸을 일으켰다. 오늘 그의 허슬플레이는 전형적인 디펜시브 포워드의 모습이었다.

수비진을 압박해서 공을 탈취하면 바로 역습을 시도한다. 특히 맨유의 수비형미드필더들이 그의 먹잇감이 되었다.

─키커로 나선 것은 앤디입니다.

런던의 빌헬름 텔.

현재 리그 최고의 데드볼리스트.

앤디가 한숨을 쉬며 뒤로 물러났다.

골문 앞의 데 헤아가 보였다.

맨유의 수문장인 데 헤아는 그에게 첫 충격을 줬던 골키퍼
였다.

처음으로 프리킥을 실패한 앤디는 그 뒤로 훈련장에서 어
마어마한 연습을 했다. 이후 다시 골을 넣으며 되갚는 데 성
공했지만, 그때의 일은 아직 잊을 수 없다.

앤디는 눈을 감았다.

이제는 눈을 떠도 정확한 킥을 한다.

그럼에도 눈을 감는 이유는, 이 행위가 징크스에 가까워졌
기 때문이다.

쾅!

공은 골문 구석을 향해 쭉 뻗어갔다.

워낙 강슛이었기에 데 헤아의 손이 공을 터치했어도 그대
로 골문 안을 향해 떨어졌다.

―고오오올! 첼시가 한 골을 만회합니다!

골을 넣은 앤디가 코스타에게 달려갔다.

다른 선수들 역시 앤디와 코스타를 안으며 둘을 축하해 주었다.

이후 첼시의 공격은 계속되었다.

원지석은 교체 카드를 통해 공격 자원들을 투입하며 더욱 공격적인 자세를 취했다.

첼시의 수비진이 약해진 걸 확인한 맨유의 역습도 더욱 거세졌다. 그럼에도 양 팀 간의 골은 더 터지지 않았다.

그렇게 85분.

첼시는 젖 먹던 힘까지 짜내며 공격에 나서고 있었다.

코스타의 움직임에 맞춰준다는 전술은 아직 바뀌지 않았다. 그 역시 이타적인 플레이를 보여주며 전술에 호응했다.

교체로 들어온 라이언이 헤딩으로 코스타에게 공을 전달했다.

코스타가 공을 받으려고 뛰었다.

동시에 그의 유니폼을 잡는 손이 있었다.

맨유의 센터백인 로호였다. 그는 절대 보내줄 수 없다는 듯 잡은 유니폼을 놓지 않았다.

아랑곳하지 않은 코스타가 앞을 향해 달렸지만, 결국 몸의 중심을 잃으며 넘어지고 말았다.

"으아아!"

괴성과 함께 그의 머리가 공을 툭 건드렸다.

데구르르 구르던 공은.

옆에서 달려오던 아자르의 슈팅으로 마무리되었다.

와아아아!

첼시 원정 팬들이 극적인 동점골에 환호했다.

그렇게 경기는 종료.

스코어는 2 : 2.

비록 무승부이지만 어떤가.

이 1점으로 인해 우승을 확정 지은 첼시였다.

「[BBC] 첼시, EPL 우승을 마무리 짓다!」

「[스카이스포츠] 원지석, 오늘 코스타는 아주 멋졌다」

기사에는 코스타와 격한 포옹을 하는 원지석의 모습이 보였다. 이 사진만을 보면 라커 룸에서 무슨 일이 일어났는지 예상할 사람은 없을 것이다.

코스타는 다혈질이지만 그 감정을 길게 끌고 가지 않았다. 그날 있었던 일은 그날 있었던 경기에서. 원지석도 코스타의 그런 점을 좋아했다.

경기가 끝난 뒤.

믹스트 존에 들어선 원지석을 보며 많은 질문이 쏟아졌다.

"감독으로 정식 부임한 첫 시즌부터 우승을 거둔 것에 대해 사람들이 많은 찬사를 보내고 있습니다. 이에 대해 하실 말씀은?"

"선수들에게 이 공을 돌리고 싶군요. 아무리 감독이 판을 짠다고 해도 그 위에서 뛰는 건 선수들입니다. 저를 믿고 따라준 그들에게 고맙다는 말을 할게요."

물론 라커 룸이 항상 순탄한 것만은 아니었다.

그래도 감독과 선수는 서로를 존중하며, 서로를 믿는다.

이러한 믿음은 시즌이라는 긴 레이스에서 뒤처지지 않는 원동력이 되었다.

"오늘 두 번째 골을 머리로 어시스트한 코스타의 모습이 화제입니다. 그때 무슨 생각이 드셨나요?"

아자르가 넣은 동점골.

유니폼이 잡혀 넘어진 코스타가 바닥을 기면서도 끝내 헤딩을 했다.

"전반전엔 조급한 모습을 보였지만, 후반전엔 저희가 아는 그 모습을 보여줘서 만족스럽군요. 그의 투지는 팀 모두에게 영향을 끼칩니다."

원지석은 이 말로 코스타에 대한 코멘트를 마무리했다.

"그가 제 팀이라는 것에 기쁘군요."

　　　　＊　　　　　＊　　　　　＊

　첼시의 우승 셀레브레이션은 시즌 마지막 경기에 진행된다. 원지석은 남은 경기 동안 주전들에게 휴식을, 로테이션 멤버들을 선발로 세웠다.

　그사이에 언론과 팬들 사이에 매우 유명해진 사람이 있었다. 이는 경기장에 부쩍 늘어난 젊은 여성팬들을 통해서도 체감이 가능했다.

　"부럽다, 야."

　"그만해요."

　부끄러워하며 손사래를 치는 녀석은 앤디.

　최근 그의 인기는 하늘을 찌를 정도였다.

　어린 나이부터 매우 뛰어난 활약을 보여주는 데다, 외모마저 배우 뺨치게 잘생겼으니 스타성만은 확실히 엄청난 녀석이었다.

　혹자는 베컴의 뒤를 잇는 차세대 슈퍼스타가 될지도 모른다며 언급을 했다.

　이런 대형 유망주의 출현에 아직 시즌이 끝나지도 않았건만, 많은 클럽들이 앤디를 보며 군침을 삼켰다.

　「[RMC] 앤디를 노리는 PSG!」

「[ABC] 다음 갈락티코를 준비하는 레알 마드리드」

「[카탈루냐 라디오] 이니에스타의 후계자를 찾는 바르셀로나!」

크게는 카타르 자본을 등에 업은 PSG와 라리가를 양분하는 두 팀이 관심을 보인 것이다.

거기다 관심을 받은 것은 앤디만이 아니다.

리그와 챔피언스리그를 가리지 않고 미친 데뷔 시즌을 보여준 제임스 역시 그들이 탐내는 유망주가 되었다.

「[스카이스포츠] 악마의 재능을 노리는 클럽들!」

이러한 반응에 원지석이 미리 선을 그었다.

"절대 팔지 않습니다. 절대."

팬들 역시 그 말에 동의한다는 입장을 고수했다.

유스에서 나온 선수들이 1군에 자리 잡은 게 얼마만이란 말인가.

보드진 역시 이러한 사실을 잘 알고 있기에 사고를 치지 않는 이상 팔지 않겠다는 입장을 취했다.

첼시는 계약기간을 끝내고 보내주는 경우는 있어도 핵심 선수를 파는 셀링 클럽이 아니었다.

하지만 손 놓고 있을 수는 없기에 앤디에게는 재계약을, 아직 프로 계약을 하지 않은 제임스에게는 좋은 조건을 제시해 멘탈이 흔들리지 않도록 했다.

그리고 마침내 리그 마지막 경기가 찾아왔다.

우승이 확정된 이후 그동안 유소년이나 로테이션 멤버들을 보냈다면, 오늘은 주전들을 보내 시원하게 경기를 마무리 지을 수 있었다.

첼시! 첼시! 첼시!

경기가 끝났음에도 팬들은 자리를 떠나지 않았다.

곧 시작할 우승 셀레브레이션을 놓칠 수 없었기 때문이다.

시상대까지 이어진 푸른색의 카펫을 밟으며 원지석은 아치형의 터널을 통과했다.

"축하해!"

"잘했어!"

"이 애송이가 일을 저지르는군!"

코치들이 그 카펫 옆에 서며 지나가는 원지석에게 박수를 보냈다.

이번 시즌 원지석과 함께하며 그가 얼마나 고생했는지, 그리고 노력했는지 알고 있었기에 모두 웃으며 박수를 보낼 수 있었다.

그 뒤를 이어 선수들이 차례대로 입장했다.

이번 시즌 주전이 아니더라도 라커 룸과 벤치에서 팀에 도움을 준 존 테리가.

팀이 우승할 수 있도록 버텨준 수비진이.

감독의 굳은 요구도 마다하지 않고 들어준 미드필더진이.

골을 넣으며 승리를 이끈 공격진이.

모두 시상대에 오르며 트로피를 들어 올릴 준비를 하고 있었다.

주장인 존 테리와 부주장인 개리 케이힐이 트로피를 한쪽씩 잡았다. 셋, 둘, 하나. 몸을 긴장시켰던 선수들이 트로피와 함께 손을 높이 들었다.

와아아아!

터지는 축포와 함께 팬들도 소리를 질렀다.

원! 원!

스페셜 원!

15 ROUND
My team

스페셜 원이라는 외침에 원지석이 쓴웃음을 지었다.

맨유전에서 원지석이 한 말 때문일까.

원지석에게 보내는 찬사일 뿐이지, 무리뉴를 조롱하려는 의도는 없을 것이다. 그렇게 믿고 싶었다.

주위를 살피니 우승을 만끽하는 녀석들이 보였다.

가족, 연인들과 사진을 찍는 선수들 중에서 제임스가 눈에 띄었다. 별 개폼을 잡으며 셀카를 찍다가 제시에게 등짝을 맞았다. 부끄러움은 왜 자신의 몫이냐며.

라이언 같은 경우는 가족들과 함께 사진을 찍고 있었다.

"아들이 문제를 일으키진 않나 걱정스럽군!"

"라이언은 그러지 않는다."

아들보다 머리 하나는 더 큰 아버지가 원지석과 악수를 나누며 말했다. 역시 굉장한 덩치였다.

할아버지나 삼촌을 비롯한 다른 가족들을 보니, 라이언의 피지컬이 어디서 나왔는지 알 것 같단 생각이 들었다.

킴 같은 경우는 어머니와 함께 있는 모습이 보였다.

첫 만남 때만 하더라도 수척해 보였던 그녀는 이제 건강한 혈색을 되찾은 듯했다.

그때였다.

누군가가 원지석의 뒤로 다가온 것은.

원지석은 그녀의 정체를 쉽게 알 수 있었다.

"캐서린?"

"어떻게 알았어요?"

익숙한 향기 때문이라고는 말할 수 없었다. 몸을 돌리자 꽃다발을 들고 있는 캐서린이 배시시 웃었다.

"우승 축하해요!"

"고마워요."

꽃다발을 받은 원지석이 말했다.

맨유전이 끝나고 그녀에게서 축하의 메시지를 받긴 했지만, 직접 만나서 받는 말은 색달랐다.

"이건 선물."

가까이 다가온 그녀가 까치발을 들었다.

쪽 하는 소리와 함께 캐서린이 입술을 뗐다.

볼에 남은 감촉을 멍하니 느끼던 원지석이 핫 하고 정신을
차렸다.

"대담하네요."

"그런가요?"

캐서린이 짓궂게 웃었다.

사귀는 이후에도 장난을 좋아하는 그녀였다.

그때 헛기침 소리와 함께 요크 부부가 다가왔다. 그 옆에는
꽃다발을 잔뜩 안고 있는 앤디가 있었다.

"우리 사진 하나 찍을까요?"

그녀가 자신의 스마트폰을 어머니에게 건넸다. 테일러 요크
가 못 말린다며 한숨을 쉬는 동안 다시 돌아온 캐서린이 원지
석과 팔짱을 꼈다.

순간 알렉스 요크의 눈에서 불꽃이 튄 것 같은 착각에 원
지석이 흠칫 놀랐다. 하지만 캐서린이 팔을 꽉 잡고 있었기에
흔들리지 않을 수 있었다.

"하나, 둘!"

찰칵!

찍힌 사진을 확인한 캐서린이 만족한 듯 고개를 끄덕였다.

그다음은 앤디의 등을 밀어 원지석의 옆에 서게 했다.

"왜 나까지?"

근처에 있던 킴까지 끌려와 그 옆에 섰다.

앤디와 킴, 그리고 뒤에 선 원지석.

이 셋이 카메라 앱 화면 속에 잡혔다.

'그때 생각이 나네.'

원지석은 예전 일을 떠올렸다.

유소년 감독 시절 우승 트로피를 들었을 때, 그때도 이렇게 셋이서 사진을 찍은 적이 있었다.

그 당시만 하더라도 이런 미래를 상상이나 했을까. 그저 다음 시즌에도 이랬으면 하는 바람만이 있었을 뿐.

"찍을게요!"

남자 셋의 어색한 미소와 함께 찰칵거리는 소리가 울렸다.

이 사진은 그녀의 SNS에 업로드되었다.

그것도 몇 년 전 유소년 시절 때 찍었던 사진과 함께 올려, 많은 사람들의 관심을 끌었다.

─저때나 지금이나 표정이 왜 저래. ㅋㅋㅋ

─앤디는 어릴 때도 엄청 잘생겼네. ㄷㄷ

─이 사진 요크 부부도 올렸던데 뭐임?? 다 가족이야??

캐서린 역시 자신의 부모님에 대해 말하고 다니지 않았기에 놀랍다는 반응이 보였다. 가족이 모두 선남선녀라는 사실에 혀를 내두른 사람 또한 있었다.

기사로 알려진 지금은 모르는 사람이 없을 테지만.

「[더 선] 요크 부부의 딸과 사귀는 원지석?」

기사에는 원지석의 볼에 키스를 하는 캐서린의 모습이 찍혀 있었다.

그녀가 앤디의 누나이며, 무슨 일을 하는지 역시 적혀 있었지만 문제 될 정도는 아니었다.

만약 앤디가 부족한 실력으로 욕을 먹었다면 낙하산이라는 조롱을 피할 수 없었을 것이다. 하지만 그는 스스로를 증명했다.

곧 사람들의 관심은 아름다운 여인에게 쏟아졌다.

찍힌 사진들만 봐도 평범한 사이로는 보이지 않았다. 더군다나 그녀의 SNS에서 함께 있는 사진을 자주 볼 수 있었기에 의혹은 증폭되었다.

"혹시 무슨 사이인지 물어봐도 될까요?"

"사랑하는 사이입니다."

사람들의 물음에 원지석은 망설임 없이 대답했다. 굳이 숨길 필요도 없는 사실이다. 무슨 불륜 이야기도 아니었으니까.

누군가에게는 부러움을, 누군가에게는 질투를.

그래도 많은 사람의 축하를 받으며 한 커플의 소식을 알릴 때, 원지석은 다가올 경기를 준비하고 있었다.

챔피언스리그.

이번 시즌을 마무리할 경기를.

빅이어를 든다면 두 개의 트로피를 들며 더블을 달성할 수 있었다. 트레블? FA컵에선 일찌감치 떨어졌기에 트레블 가능성은 사라진 상황이었다.

"스티브."

원지석이 홀랜드를 보며 씁쓸하게 말했다.

이번 경기를 끝으로 스티브 홀랜드는 팀을 떠난다. 벌써 그만큼의 시간이 흐른 것이다.

"이별 선물로 빅이어라, 멋지군."

홀랜드가 슬퍼할 이유가 뭐 있겠냐며 웃었다.

헤어질 때는 웃으며 헤어질 수 있게.

다른 코치진들 역시 고개를 끄덕이며 동의했다.

이번에도 빅이어를 노리는 레알 마드리드는 챔피언스리그 개편 이후 첫 2연패를 노리고 있었다.

이미 리그에선 우승을 차지한 만큼 레알 마드리드의 기세 역시 좋은 편이었다. 하지만 원지석은 지난 챔피언스리그 이후 그들에 대한 대비를 하고 있었다.

코앞에서 놓쳤던 빅이어.

이번엔 놓치지 않는다.

첼시의 훈련장인 코밤의 라커 룸에는 1군 선수만이 남은 상황이었다. 유소년이나 2군 선수들은 휴가를 떠났다.

결승전을 앞두고 의욕에 불탄 그들은 라커 룸에 붙은 사진을 보며 고개를 갸웃거렸다.

벽 한가운데.

상의를 벗고 있는 호날두의 사진이 붙어 있었기 때문이다.

지난 챔피언스리그 결승전.

당시 골을 넣은 호날두가 옷을 벗으며 셀레브레이션을 하는 모습이었다.

"뭐야, 이거. 누가 장난친 거야?"

"그거 감독님이 그랬어요."

"뭐?"

자신이 잘못 들은 건가 싶었던 존 테리가 무슨 소리냐며 얼굴을 구겼다.

이윽고 다른 선수들이 그 사진을 모두 확인했지만 원지석은 별다른 말을 꺼내지 않았다.

"징그럽게 왜 남자 옷 벗는 사진을 붙인 거야. 저때 먹힌 골 때문에 아직도 기분 나빠 죽겠구먼."

케이힐의 투덜거림에 다른 선수들이 웃음을 터뜨렸다. 제임스 같은 돌아이는 사진을 보며 인사를 하고 있었다.

그렇게 시간은 흘렀다.

그리고 마침내.

이번 시즌을 마무리하는 챔피언스리그 결승전이 다가왔다.

양 팀 모두 그들이 생각하는 최상의 전력이 나왔다.

레알 마드리드의 경우 433의 포메이션을 꺼냈다.

포백은 마르셀루, 라모스, 바란, 카르바할이 섰으며.

중원은 크로스, 카세미루, 모드리치가.

그리고 최전방에는 호날두와 벤제마, 그리고 이스코가 자리를 잡았다.

BBC라 불렸던 멤버 중 베일은 부상으로 나오지 못한 상황. 그 자리를 대신 차지한 이스코는 최근 절정의 폼을 보여주는 선수였다.

그에 대응하는 첼시의 포메이션은 442였다.

그 라인업을 보며 놀란 사람들이 있을 것이다.

첼시는 포백으로 시디베, 케이힐, 주마, 아스필리쿠에타가.

중원에는 아자르, 캉테, 앤디, 라이언이.

최전방에는 제임스와 코스타가 자리를 잡았다.

—오늘 첼시는 라이언을 선발로 세웠습니다!

─위치를 봐선 호날두를 막기 위한 대비책으로 보이는군요.

라커 룸에 들어온 첼시 선수들이 벽에 붙어 있는 사진을 보고선 웃음을 터뜨렸다.

"이건 또 왜 여기 있어."

호날두의 사진이 이곳에도 걸려 있었던 것이다. 제임스가 사진 속 젖꼭지를 쿡쿡 찌르다 존 테리에게 뒤통수를 맞았다.

모두가 유니폼으로 옷을 갈아입고 자리에 앉아 원지석을 기다리는 중이었다.

마침내 문이 열리며 그가 들어왔다.

원지석은 프린트된 사진을 툭툭 치며 중얼거렸다.

"귀엽죠?"

그 말에 선수들이 웃음을 흘렸다.

원지석이 이 사진을 훈련장에서부터 쭉 걸었던 이유는 별다른 게 아니다.

지난 결승전에서 호날두에게 골을 먹힌 만큼, 선수들에게 그때의 일을 잊지 못하게 할 생각이었다. 거기다 괜히 긴장하는 걸 미연에 방지하고 싶었다.

원지석은 그 사진을 잡아 찢었다.

쫘악쫘악 하는 소리에 선수들이 침을 삼켰다.

"또 이 새끼가 가슴팍 까고 돌아다니는 거 난 절대 못 봅니
다."

바닥에 잔해를 뿌린 원지석이 등을 돌렸다.

전술 숙지는 이미 질릴 정도로 했다.

이제 나가서 경기를 뛰는 일만 남았다.

"오랜만이군."

"오랜만이네요."

1년 만에 지단과 재회한 원지석이 악수를 나누었다.

당시 패장이었던 원지석의 말.

지단 역시 그때의 일을 잊지 않았다.

"이번엔 안 질 겁니다."

"우리도 마찬가지야."

양 팀의 주장들이 깃발을 교환하며 경기 준비가 끝났다. 주
심이 동전을 던지며 먼저 공을 찰 쪽을 정하는 중이었다.

이윽고 첼시의 선축으로 경기가 시작되었다.

삐이익!

첼시의 중원이 볼을 돌리는 동안 제임스와 코스타가 앞을
향해 뛰었다.

투톱이 앞으로 간 것을 확인한 앤디는 캉테와 원 투 패스
를 하며 조금씩 앞으로 나아갔다.

곧 레알의 중원과 첼시의 중원이 맞붙었다.

크로스와 카세미루가 압박을 시도하자 앤디는 측면으로 공을 뺐다. 패스를 받은 사람은 라이언이었다.

라이언에 대한 대비 역시 준비했는지 마르셀루가 1차 압박을, 뒤따라오는 카세미루가 협력수비를 통해 거인을 효과적으로 대처했다.

그냥 몸을 밀며 돌파할 수도 있겠지만 그러다간 공을 뺏길 위험성이 커진다. 몸만 빠져나가서야 의미가 없었고.

"이쪽으로!"

결국 라이언은 팔을 흔드는 앤디에게 백패스를 했다. 크로스가 계속해서 따라붙었지만 압박을 벗어난 뒤 다시 캉테에게 공을 넘겼다.

이번 시즌 리그와 챔피언스리그를 가리지 않고 좋은 활약을 보여준 캉테는 첼시의 핵심 멤버 중 하나였다.

블루스의 신형 엔진이 시동을 걸었다. 공을 끌고 앞으로 나아갈 동안 다른 첼시 선수들도 그에 맞춰 라인을 올린다.

하프라인을 넘어 슬슬 페널티에어리어가 가까워지자 그가 고개를 돌렸다. 플레이메이커인 앤디가 상대 중원에게 묶여 있는 상황.

결국 캉테는 직접 패스하는 것을 선택했다.

수비 라인에 걸쳐 있는 아자르에게 직접 주는 것은 무리다. 그의 선택은 슬금슬금 아래로 내려온 제임스였다.

제임스는 패스를 받자마자 공을 뒤로 빼며 모드리치를 따돌렸다.

재빠르게 몸을 돌리고 다시 공을 잡은 녀석이 공을 줄 곳을 찾았다. 카르바할과 함께 있는 아자르, 크로스와 함께 있는 앤디.

라이언?

고개를 저은 제임스가 소리쳤다.

"답답하니 내가 끌고 간다!"

제임스가 공을 끌고 달리자 공격진에도 변화가 생겼다.

압박을 분산하기 위해 측면에 있던 아자르가 안쪽을 향해 파고들었으며, 코스타는 반대로 측면으로 빠지며 수비진의 뒤쪽을 노렸다.

어디로 줄 것인가.

제임스의 선택은 슛이었다.

기습적으로 시도한 슈팅이 골문 구석을 향해 쏘아졌다. 하지만 골키퍼 나바스가 잡아내자 제임스가 혀를 차며 몸을 돌렸다.

이어 레알 마드리드의 역습이 시작되었다.

그 시작은 카르바할과 모드리치였다.

카르바할이 공을 끌고 측면 터치라인을 따라 달렸다. 하프라인쯤 갔을까, 캉테의 압박이 조여오자 그는 공을 모드리치에게 길게 찔렀다.

모드리치는 중원을 조율하며 다른 공격수들이 더 깊숙이 침투하길 기다렸다.

그때 그의 눈이 이채를 띠었다.

수비진 사이를 파고들어 가는 호날두를 발견한 것이다.

지체 없이 날린 얼리 크로스가 오프사이드트랩을 뚫었다. 하지만 높았다. 이대로 아웃되는 게 아닐까 싶을 정도로.

'골이다!'

반대로 호날두는 골을 직감했다. 충분히 헤딩할 수 있는 위치였다. 거기다 워낙 궤적이 멋지다 보니 다른 수비수들도 반응하지 못하고 있었다.

─호날두가 날았습니다! 아, 하지만!!

높이 뛰어오른 호날두가 햇빛이 가려졌다는 걸 깨닫고 눈을 돌렸다. 그리고 그 눈이 크게 떠졌다.

─라이어어언! 순식간에 나타난 라이언이 헤딩 경합에서 승리합니다!

'우리도 헤딩 괴물이 있지.'

헤딩볼을 따낸 라이언을 보며 원지석이 미소를 지었다.

"우워어어!"

첼시의 괴물이 포효했다.

*   *   *

─라이언이 다시 한번 헤딩 경합에서 승리합니다!

─오늘 그 호날두가 헤딩으로 재미를 보지 못하고 있군요.

벌써 몇 번째인가.

코너킥에서나, 세트피스에서나.

심지어 골키퍼만을 남겨둔 상황에서마저.

라이언은 호날두의 곁을 그림자처럼 따라다니며 헤딩을 따냈다.

호날두가 괜히 잔디를 차며 짜증을 부렸다.

그 역시 저 거대한 찰거머리에게 질릴 대로 질려 버린 상황이었다.

덕분에 원지석으로선 한숨을 덜게 되었다. 지난 결승전에서 호날두의 헤딩에 첼시 수비진들은 속절없이 당했다. 결국 동점골도 그의 헤딩이었으니까.

레알 마드리드로선 핵심 선수가 묶이자 당황한 기색이 역력

했다.

물론 호날두의 가장 큰 장점은 공격 위치 선정과 골 결정력이었다. 헤딩 하나 막혔다고 해서 그 장점이 사라지는 건 아니다.

하지만.

이 괴물은.

대체 뭐란 말인가.

―몸을 날리는 라이언의 허슬플레이!

―슬라이딩태클로 호날두의 슈팅을 커버합니다!

몸집이 크기 때문일까? 오늘 라이언이 몸을 날리는 모습은 마치 벽이 움직이는 느낌을 주었다.

몸을 날려 헤딩을 하고, 쓰러지면서도 공을 향한 투지를 보여준다.

팬들은 이러한 라이언의 모습에 큰 감동을 받았다. 그들은 그런 플레이를 하는 선수들을 알고 있다.

첼시의 주장인 존 테리를 비롯해서.

케이힐, 아스필리쿠에타, 지금은 팀을 떠난 이바노비치를 비롯해 첼시를 거쳐간 굵직한 수비수들이.

일명 '걸레 수비'라 불리는 허슬플레이.

라이언은 오늘 그런 모습을 떠올리게 할 정도로 몸을 아끼지 않고 있었다.

이러한 투지는 다른 선수들을 감염시킨다.

"늙어서 이게 무슨 짓이야."

땀을 훔친 케이힐이 투덜거렸다.

이번 시즌 막 데뷔한 햇병아리보다 부족한 모습을 보인다면 부끄럽기만 할 것이다.

"멍하게 있지 말고!"

오늘 주장 완장을 찬 케이힐의 말에 선수들이 다시 자리를 잡았다.

왼쪽 풀백으로 나온 시디베는 제일 바쁜 사람 중 하나였다. 수비하랴, 중원 가담하랴, 아자르를 지원하기 위해 쭉 올라가랴.

그런 시디베가 힘들 때는 캉테가 힘을 보탰다.

캉테는 지치지도 않는지 경기장 구석구석을 누볐다. 시디베가 수비에 복귀하는 게 늦을 땐 누구보다 먼저 그 자리에서 압박을 하고 있었다.

드리블을 질질 끌던 이스코에게서 공을 탈취한 캉테가 곧바로 앤디에게 패스를 연결했다.

―이스코의 좋지 못한 모습이 다시 한번 나왔군요!

―앤디가 먼 거리에 있는 아자르에게 다이렉트로 연결합니다!

아직 복귀하지 못한 카르바할을 따돌리고 아자르가 수비진을 돌파했다. 여유를 가진 아자르가 페널티박스를 앞에 두고 공을 잡았다.

"막아!"

나바스의 외침과 함께 센터백인 바란이 뒷짐을 지며 그 앞을 커버했다.

아자르가 그 뒤에 쇄도하는 제임스를 보았다. 그렇게 그쪽으로 패스를 하려는 모션을 취하자 바란이 움찔거린 것과 동시에, 아자르가 공을 긁으며 몸을 돌렸다.

스쿱 턴.

굉장히 세밀한 터치와 기술이 요구되는 기술이었다.

뒤늦게 바란이 태클을 시도했지만 순간적인 속력을 올린 아자르가 페널티박스 안을 향해 침투했다.

―골문 바로 앞까지 간 아자르! 아자르으으!

―골입니다! 골문 구석을 향해 빨려 들어간 골!

와아아!

첼시! 첼시! 첼시!

환상적인 선취골에 팬들이 환호했다.

아자르는 팀 동료들과 셀레브레이션을 나누며 돌아왔다.

그렇게 전반전이 종료되었다.

원지석으로선 아주 만족스러운 전반전이라 할 수 있었는데, 준비한 전략들이 모두 성공적이었기 때문이다.

"너, 잘했다."

"라이언은 언제나 잘한다!"

"그래그래."

라커 룸에서 칭찬을 아끼는 원지석으로선 드문 일이라고 할 수 있었다. 그만큼 라이언의 허슬플레이는 원지석에게도 감동을 주었다.

"후반은 여유 있게 갑시다."

괜히 급하게 가려다 실수라도 나온다면 큰일이다. 원지석은 그 점을 선수들에게 신신당부했다.

경기가 재개되었다.

레알 마드리드에게 약간의 전술 변화가 생겼다.

오른쪽 윙어로 나왔던 이스코가 공격형미드필더로 자리를 옮긴 것이다.

이스코는 전반전에도 측면과 중앙을 오갔지만, 이제는 아예 4312로 포메이션을 바꾸며 투톱의 위력을 극대화하겠다는 뜻으로 보였다.

한 골이 뒤처진 상황인 만큼 레알은 맹공을 퍼부었다.

호날두가 측면에서 중거리슛을 쏘아 올렸지만 골문 안으로 들어가는 것은 없었다. 수비수가 먼저 끊어내거나, 아니면 골키퍼의 선방에 막힐 뿐.

오히려 섣부른 슈팅은 역습의 시발점이 되기도 했다.

─쿠르트아가 길게 던진 공을 앤디가 받아냅니다!

앤디는 원터치 패스로 제임스를 향해 공을 보냈다. 제임스는 그걸 코스타를 향해 길게 찔렀고, 코스타는 논스톱으로 슈팅을 날렸다.

하지만 그 공은 몸을 날린 라모스에게 막히고 말았다.

레알 마드리드로선 다행인 일이었다.

공격을 위해 포백과 수비형미드필더인 카세미루만 남은 상황에 수비 라인까지 올린 만큼, 코스타를 막지 못했다면 또 한 번의 실점이 나올 수 있었다.

그리고 수비로 돌아오던 풀백들이 다시 몸을 돌려 공격에 가담했다.

돌격 대장은 마르셀루였다.

빠르게 첼시의 중원을 침투한 그가 모드리치에게 스루패스를 찔렀다.

모드리치는 공을 툭 차며 압박을 벗어난 후 첼시 수비진 사이로 뛰어가는 벤제마에게 공을 연결했다.

'제길.'

벤제마를 앞에 두고 있던 케이힐이 슬쩍 고개를 돌렸다. 라이언을 따돌린 호날두가 무섭게 뛰어오는 게 보였다.

다른 센터백인 주마는 역방향이 걸렸기에 막기엔 늦은 상황. 벤제마를 이대로 보낸다면 일대일이 될 가능성이 컸다.

'어쩔 수 없지.'

결국 케이힐은 위험을 감수하기로 했다.

그의 발끝이 공을 노렸다. 만약 성공하기만 한다면 좋은 태클이 될 것이다.

하지만 실패한다면?

케이힐은 그 경우 어떻게 되는지 알고 있었다.

공은 이미 떠나고, 그의 발은 벤제마의 다리를 걸었으니까.

삐이익!

주심이 휘슬을 불며 파울을 선언했다.

그가 주머니에서 무언가를 꺼냈다.

옐로카드. 센터백에겐 부담스러운 경고.

케이힐은 고개를 끄덕이며 그 카드를 받아들였다. 각오한 일이었다. 자칫 일대일 상황이 될 뻔한 걸 두고 볼 수는 없었으니까.

"잘했어요."

세트피스 수비를 하기 위해 들어오는 케이힐을 아스필리쿠에타가 격려해 주었다.

프리킥을 차기 위해 키커들이 모였다.

공 뒤에 있는 것은 크로스와 호날두.

레알 마드리드의 프리킥은 호날두나 베일이 찼지만, 현재 베일이 없는 만큼 호날두가 찰 가능성이 높았다.

주심의 신호와 함께 공을 향해 뛰는 사람이 있었다.

토니 크로스였다.

예상과는 달리 그가 먼저 달리는 모습에 속임수인가 싶었지만, 크로스는 직접 슈팅을 날렸다.

강한 슈팅이었다.

그리고 골문 아래쪽 구석을 향해 툭 하고 떨어지는 무회전 킥이었다.

—고, 골입니다! 고오오올! 토니 크로스의 환상적인 프리킥이 동점을 만듭니다!

—쿠르트아 골키퍼가 재빨리 몸을 던졌지만 막지 못했군요!

리플레이 화면에 프리킥 영상이 자세히 잡혔다. 강하게 떠올랐던 공은 공중에서 흔들거리더니, 이내 방향이 바뀌며 쿠르트아를 속였다.

알고도 못 막는 슛.

그 슛으로 인해 경기는 동점이 되었다.

다시 동점을 되찾은 레알 마드리드는 이 기세를 잃지 않겠다는 듯 계속해서 공격을 시도했다.

첼시 역시 연장까지 갈 수 없다며 맞불을 놓았다.

격해지는 경기 속에서 선수들의 갈등도 폭발했다.

삐이익!

"아아악!"

정강이를 차인 아자르가 비명을 지르며 쓰러졌다. 문제는 그다음이었다. 파울을 저지른 라모스가 엄살 부리지 말라며 아자르의 뒷목을 잡고 일으키려 한 것이다.

"이 개새끼가!"

그 모습에 발끈한 첼시 선수들이 달려가 라모스를 밀쳤다.

주장이 밀쳐지자 화가 난 레알 마드리드의 선수들도 첼시 선수들과 충돌하며 개판이 벌어졌다.

삐이이익!

그 결과 주심이 카드를 무더기로 꺼내며 상황을 종료시켰다.

파울을 저지른 라모스는 옐로카드를.

라모스를 밀쳤던 제임스도 옐로카드를.

다른 선수들에겐 구두 경고를 통해 다음엔 바로 카드를 꺼 낸다는 엄포를 놓았다.

"진짜 열받네."

절뚝거리며 나가는 아자르를 보며 제임스가 침을 뱉었다.

팀닥터의 판단 결과 아자르는 부상으로 더 이상 뛰지 못했 다. 원지석은 그를 대신해 킴을 교체 선수로 넣었다.

선수교체에 따라 약간의 전술 변화가 이루어졌다. 앤디가 공격형미드필더로 올라가며 투톱을 지원하게 된 것이다.

킴은 중원 싸움에서 더 도움이 되도록 활발한 움직임을 가 져갔다.

이후 팽팽한 싸움이 이어졌다.

의외인 점이 있다면 제임스의 변화였다.

칭찬은 고래를 춤추게 한다더니, 분노는 제임스를 적극적인 공격수로 변하게 해주었다.

하지만 레알 마드리드의 수비는 쉽게 무너지지 않았다.

역습과 역습, 슈팅과 선방이 이어지던 경기는 이윽고 90분 에 다다랐다.

추가시간은 3분.

양 팀 벤치에서 다시 연장전을 준비할 때였다.

"시벌."

공을 잡은 제임스가 골문을 노려보았다.

이미 레알 쪽에선 연장전으로 갈 계획을 끝냈는지 수비 라인을 내린 게 보였다.

"칼퇴근 좀 하자, 이 새끼들아!"

쾅!

페널티에어리어 밖에서 찬 슛이 엄청난 속도로 골문을 향해 쏘아졌다.

텅!

하지만 공은 골키퍼 나바스의 손에 막히며 밖을 향해 튕겼다. 추가시간도 거의 지나갔기에 시간을 확인한 주심이 슬슬 휘슬을 불려고 할 때였다.

"아직 안 끝났어!"

소리를 지르며 공을 향해 몸을 던진 사람이 있었다.

교체로 들어온 킴이었다.

몸을 날리는 다이빙헤딩이 공을 다시 골대 안으로 집어넣었다. 환상적인 선방을 했던 나바스는 아직 몸을 일으키지 못한 상황.

나바스가 다리를 들며 필사적으로 막으려 했지만, 그러기엔 너무 늦었다.

—킴! 키이이임! 고오오올! 골이에요! 경기 종료 직전 극적인 골을 터뜨리는 첼시!

와아아아!

골과 함께 팬들의 폭발적인 함성이 터졌다.

원지석 역시 골이 들어간 것을 확인하고선 옆에 있던 스티브 홀랜드를 때리며 기뻐했다.

킴은 코너킥 근처에 있는 팬들에게 달려가 그대로 무릎을 미끄러뜨리며 경례 셀레브레이션을 보였다.

킴! 킴! 킴!

팬들은 그런 킴의 이름을 외쳤다.

킴의 우상이자 첼시의 레전드인 드록바를 떠올리게 하는 셀레브레이션.

하지만 지금 이 순간만큼 그들의 신은 킴이었다.

셀레브레이션을 마무리하고 양 팀 선수들이 모두 자신의 진영에 자리를 잡았다.

하지만 시간이 없었다.

추가시간 3분은 이미 지나간 지 오래였다.

공을 건드린 것과 동시에 휘슬이 울리자 레알 마드리드의 선수들이 고개를 숙였다.

삐이이익!

경기가 끝났다.

첼시의 승리였다.

벤치에 있던 선수들이 그라운드로 뛰어가며 환호성을 질렀다. 챔피언스리그 우승이라니, 모든 선수들이 꿈에 그리던 빅이어라니!

'끝났다.'

그리고 이겼다.

원지석은 한숨을 쉬며 고개를 들었다.

눈이 부신 라이트가 그를 비추었다.

그때 누군가가 원지석을 향해 다가오고 있었다.

지단이었다. 그는 손을 내밀며 말했다.

"축하하네."

"설마 또 연장 가는 건가 싶었어요."

그랬으면 어떻게 됐을까. 모르는 일이었다. 지난 결승전처럼 첼시가 질 수 있었고, 반대로 첼시가 이길 수 있었다. 축구공은 둥근 법이니까.

하지만 만약이란 건 없었다.

패장인 지단이 쓴웃음을 지으며 원지석의 등을 두드려 주었다.

"먼저 가보지."

그는 준우승 메달을 받기 위해 먼저 시상대를 올랐다.

메달을 받은 레알 마드리드 선수들이 내려오고, 드디어 우승 팀인 첼시가 시상대를 향했다.

원지석은 빅이어를 한 번 쓰다듬었다.

그 별명답게 큰 손잡이 두 개가 귀처럼 달려 있었다.

'지난 시즌에는 눈앞에서 놓쳤던 것.'

이번에는 놓치지 않았다.

계속해서 선수들이 들어왔다. 부상을 당했던 아자르도 그리 심한 것은 아니었는지 절뚝이며 시상대를 올랐다.

마침내 모든 선수들이 모였다.

우승 셀레브레이션을 위해 빅이어를 잡은 것은 주장인 존 테리였다.

11/12 시즌과는 다르게 멀쩡한 셀레브레이션을 할 수 있다는 점에서 팬들이 안도의 한숨을 내쉬었다.

선수들은 입으로 소리를 내며 카운트를 셌다.

하나, 둘!

마침내 존 테리가 빅이어를 높이 들어 올렸다.

선수들의 환호, 관중들의 함성.

옆에 떨어진 원지석이 그들을 보며 미소를 지었다.

16/17 시즌의 챔피언스리그 우승 팀.

긴 여정 끝에 그것을 마무리한 첼시였다.

선수들의 모습은 그 어느 때보다 즐거워 보였다.

물론 리그 우승 역시 대단한 일이다. 하지만 챔피언스리그 우승과는 달랐다.

잉글랜드 챔피언이 아닌, 유럽 챔피언.

그 칭호가 주는 무게감이 달랐다.

본인이 속한 나라의 국기를 망토처럼 두르며 돌아다니는 선수 또한 있었다. 그 정도로 선수에겐 영광스러운 트로피였고 자랑스러운 일이었다.

하지만 원지석은 아무것도 걸치지 않았다.

그가 입은 것은 구단에서 준비해 준 정장뿐이며, 그것만으로도 충분했다.

"원! 이리 와!"

갑자기 몰려든 선수들을 보며 원지석이 눈을 크게 떴다. 앗 하는 사이에 그를 둘러싼 선수들이 팔, 다리, 등을 잡으며 몸을 높혔다.

"대체 뭘!"

말을 하려던 원지석의 몸이 높이 떠올랐다.

세 번의 헹가래를 끝으로 잔디에 엉덩이를 붙인 원지석이 삐뚤어진 안경을 고쳐 쓰며 한숨을 쉬었다.

다시 잡힌 시야 속에 여성의 발이 보였다. 샌들을 신은 맨발은 붉은색의 페디큐어가 발라져 있었다.

고개를 드니 미소 짓는 캐서린이 보였다.

그녀가 손을 내밀며 말했다.

"오늘 멋졌어요."

손을 잡고 일어난 원지석이 그대로 캐서린을 껴안았다. 놀란 마음을 알려주듯 푸른 눈동자가 살짝 크게 떠졌다.

"선물은 없나요?"

"무슨 선물인지 맞춰볼래요?"

캐서린이 장난스럽게 웃었다.

이후 둘은 누가 먼저랄 것도 없이 입을 맞추었다.

"워, 화끈한데!"

주위 사람들의 말에도 둘은 아랑곳하지 않았다.

짧은 입맞춤을 끝낸 둘은 팔짱을 끼며 경기장을 돌아다녔다. 박수를 보내는 팬들에게 인사하고, 트로피와 함께 사진을 찍으며 시간을 얼마나 보냈을까.

하나둘씩 자리를 떠난 경기장은 이제 몇 명의 사람을 제외하고선 텅 비어 있었다.

슬슬 떠날 시간이 된 것이다.

"조금 있다 봐요."

그렇게 말한 원지석이 라커 룸을 향해 떠났다.

라커 룸에는 이미 몇 명의 선수가 샤워를 끝냈는지 허리에 수건을 두르고 나오는 게 보였다. 아마 사람들이 몰리기 전에 미리 몸을 씻은 모양이었다.

아직 모든 선수들이 돌아온 건 아니라, 원지석은 그들을 기다리기로 했다.

이윽고 선수들이 하나하나 들어오기 시작했다.

그들은 환호의 소리를 질렀다.

혹은 오늘 고생했다며 서로의 등을 두드려 주었다.

얼마 지나지 않아 모든 선수들이 들어온 것을 확인한 원지석이 몸을 일으켰다.

"흠흠."

괜히 헛기침을 하며 목도 가다듬었고.

선수들의 이목을 집중시킨 원지석이 입을 열었다.

"지난 시즌에 제가 말했었죠. 다음엔 이긴다고."

그때의 원지석은 패장이었다.

다음 시즌을 기약하는 건 누구나 할 수 있다. 하지만 그것을 실제로 이루는 건 정말 어려운 이야기였다.

"감사합니다. 여러분 덕에 이길 수 있었습니다."

선수와 감독.

흔히 선수는 덧셈, 감독은 곱셈이라고 한다.

만약 선수나 감독의 재량을 1부터 10까지 분류할 수 있다면.

1의 기량을 가진 선수도 있고,

반대로 10의 기량을 가진 선수도 있을 것이다.

하지만 아무리 뛰어난 선수가 있어도 그걸 하나의 팀으로 만들 감독이 없다면 0으로 끝날 뿐이었다.

반대여도 마찬가지다.

좋은 감독이 있다고 해도 그 선수들이 감독을 믿지 못한다면, 결국 0이나 다를 바 없는 팀이었다. 그런 팀은 결국 실패한다.

첼시는 선수와 감독 모두 좋은 시너지를 냈다고 말할 수 있었다. 그 말을 증명해 냈다는 게 무엇보다 기뻤다.

원지석이 어색하게 웃었다.

화를 내는 건 몰라도, 이런 말을 하려니 어색한 기분이 들었다.

"그럼 잘 정리하고 휴가 잘 보내……."

촤아아악!

그 말은 마무리되지 못했다.

어디선가 뿜어진 액체가 갑자기 그를 덮쳤기 때문이다.

얼굴을 타고 뚝뚝 흐르는 그것을 손으로 훔친 원지석이 혀를 내밀었다. 익숙한 맛, 샴페인이었다.

원지석이 고개를 돌렸다.

선수들이 흠칫하며 어깨를 움찔거리는 게 보였다.

그리고 그 가운데.

샴페인 병을 들고 있는 제임스가 싱글벙글 웃고 있었다. 녀석의 주위에 있던 선수들이 슬금슬금 그에게서 떨어지고 있는 것도.

"미친놈."

고개를 저은 킴이 중얼거렸다.

그는 곧 있을 참사를 예상하며 눈을 돌렸다.

그리고 그날 킴의 SNS에는 라커 룸에서 찍은 선수들의 사진이 올라갔다.

첼시의 선수들이 한곳에 모여 환호하는 사진이었다. 벤치 멤버까지 워낙 많은 사람들이었기에 얼굴이 가려진 사람마저 있을 정도였다.

그 사진에서 무언가 이상한 걸 눈치챈 팬이 댓글을 달았다.

―제임스는 어디 갔어?

킴은 그 댓글에 답변을 해주었다.

―사냥개한테 끌려갔어. 지옥으로.

*　　　　*　　　　*

시즌이 끝났다.

선수들은 프리시즌에 복귀할 것이다. 그때까지 짧지 않은 휴가가 주어졌다.

선수들이 휴가를 즐기기 위해 떠난 동안, 원지석은 아직 구단에 남아 있었다.

"작별 선물로 빅이어를 들 줄은 정말 몰랐어."

스티브 홀랜드의 말에 다른 코치진들이 웃음을 흘렸다. 그들은 이제 떠나는 홀랜드를 위해 자리를 지킨 것이다.

"멋진 선물이죠?"

"그래. 아주 멋지군."

홀랜드가 원지석의 등을 두드렸다.

처음 그를 만났을 때가 떠올랐다.

첼시의 2군 감독이 되었을 때, 원지석은 2군 코치로 일을 하고 있었다.

'코치를 그만둘 때만 하더라도 참 위태로워 보였는데.'

그때의 원지석은 어딘가 불안해 보였다.

손을 대면 베일 것처럼 날카로웠고, 동시에 금방이라도 무너질 것 같은 아슬아슬함이 느껴졌다.

결국 첼시를 나가며 연락이 끊겼을 땐 죽은 게 아니었나 싶을 정도였다.

'그랬던 녀석이.'

지금은 전혀 다른 사람이 되어 돌아왔다.

홀랜드는 그걸 곁에서 받쳐주는 사람의 유무로 판단했다.

원지석이란 인간은 겉으로 봐선 사납고 강인해 보이지만, 오랫동안 한솥밥을 먹었던 홀랜드는 그게 전부가 아니란 걸 알았다.

그가 처음 첼시에서 일을 할 때만 하더라도 막 성인이 되려던 애송이였다. 어린애란 뜻이었다.

선수에게만 멘탈 관리가 필요한 게 아니다.

감독도, 코치도 마찬가지다.

당시 애늙은이 소릴 듣던 녀석이라노, 어린 원지석의 멘탈을 관리해 줄 사람이 필요했다.

코치 시절에는 무리뉴가 그 역할을 했다.

원지석이 괜히 그에게 아버지 같은 사람이라고 한 게 아니었다.

반대로 2군 감독 시절의 홀랜드는 원지석에게 그런 역할이 되어주지 못했다. 경기장 밖의 일이 문제였다고 해도 그걸 변명으로 삼고 싶지는 않았다.

'다시 돌아왔을 땐.'

유소년 감독 시절에는 상황이 바뀌었다.

녀석은 밖에서 야인으로 지내는 동안 더욱 성숙해지고, 더욱 성장해서 돌아왔다. 소년은 어느새 어른으로 변한 것이다.

지금은 캐서린이라는 연인을 만나며 심리적인 안정을 가질 수 있었다.

하지만 경기장 안에서의 부담을 나눠 갖던 홀랜드는 이제 떠난다. 그랬기에 살짝 걱정이 되기도 했다.

"원, 이거 받아 가."

"이게 뭐죠?"

"이별 선물?"

그렇게 말한 홀랜드가 피식 웃으며 어깨를 으쓱였다.

그는 떠나기 전 마지막 말을 남겼다.

"원, 너만의 팀을 만들어. 무리뉴와 파리아처럼."

루이 파리아.

현 맨유의 수석 코치이자, 무리뉴와 축구 인생을 함께한 코치였다.

무명 시절부터 함께한 둘은 이후 포르투, 첼시, 인테르, 레알 마드리드 이후 첼시와 맨유까지 쭉 함께한 파트너였다.

원지석에겐 그런 사람이 필요했다. 팀을 떠나도 함께 떠나고, 다음 팀에서도 변함없이 호흡을 맞출 수 있는 사람이.

홀랜드는 떠났다.

하지만 그가 남긴 말은 원지석의 머릿속에 깊게 각인되었다.

"내 팀."

*   *   *

원지석은 잡지 인터뷰를 끝내고 돌아가는 길이었다.

챔피언스리그 우승 이후 그에겐 엄청난 인터뷰 요청이 쇄도했다. 하지만 그는 몇몇 언론을 제외하곤 모두 거절의 답변을 내놓았다.

확실히 이런 점에선 에이전트를 둔 걸 체감하게 되었다. 한채희가 없을 때는 일일이 거절하며 스케줄을 관리하는 것도 피곤한 일이었으니까.

방금 끝낸 인터뷰는 그가 유소년 감독 때부터 인터뷰를 해온 런던풋볼이었다. 이제는 연례행사 같은 느낌이 들기도 했다.

인터뷰를 하는 내내 기자의 기분은 좋아 보였다. 일찍이 점찍었던 유망주의 포텐이 터진 감독의 느낌을 알 것 같다면서.

카페에 들어온 원지석이 종이를 폈다.

홀랜드가 건넸던 그 쪽지였다.

장소는 헤센 주의 프랑크푸르트.

즉, 독일이었다.

"흐음."

원지석이 인상을 구기며 종이를 접었다.

우선 비행기를 타기 전에 할 일이 있었다.

제일 처음 한 것은 영입 명단을 짠 것이다. 사실 유망주들 덕분에 백업 멤버는 문제가 없다. 그런 만큼 팀의 퀄리티를 높일 자원들이 필요했다.

태블릿 PC를 켜자 에메날로에게서 온 답장이 보였다.

조금 두근거리는 마음으로 메일을 확인한 원지석의 얼굴이 구겨졌다.

[안 돼.]

"시벌."

얼굴을 구긴 원지석이 다시 답장을 보내며 항의했다. 대체 무엇이 문제란 말인가. 이미 로만에겐 전폭적인 지원까지 약속받은 상황인데.

[자넨 내년이면 떠나지 않는가.]

그 답장에 원지석은 볼을 긁적였다.

솔직히 생각해서 맞는 말이었다.

현실적으로 보자면 그는 다음 시즌을 끝으로 팀을 떠날 감독이다. 그런 상황에 나이가 서른에 가까운 전성기 선수들은 도박성이 짙었다.

[장기계약만 해준다면 못 할 것도 없지.]

그 말에 원지석이 태블릿을 닫았다.

말이라도 못하면. 얄미운 인간.

하지만 이게 에메날로의 일이었다.

팀의 단장으로서 훗날을 생각하지 않을 수가 없기 때문이다.

물론 그가 보낸 영입 리스트에 그런 선수들만 있는 것은 아니었다. 몇몇 선수는 에메날로도 흡족해하며 고개를 끄덕였다.

우선적으로 보강을 요청한 건 센터백이었다.

현재 영입을 시도할 선수는 세 명으로 좁혀졌다.

레알 소시에다드의 이니고 마르티네스.

아슬레틱 빌바오의 아이메릭 라포르테.

레버쿠젠의 조나단 타.

라포르테 같은 경우 높은 바이아웃이 걸림돌이었기에 다른 두 명의 영입을 시도할 것이다.

한편 팀을 보강하려는 것은 첼시만이 아니었다. 다른 팀도 마찬가지였다.

「[RMC] 첼시의 원더 키드를 노리는 PSG!」

프랑스 한정으로 매우 높은 공신력을 자랑하는 모하메드 부 합시가 컨펌한 기사였다.

이번 시즌 핫하게 떠오른 첼시의 유망주들을 PSG에서 노린다는 기사였는데, 보드진이 미치지 않은 이상 그럴 일은 없을 것으로 생각되었다.

카타르 자본을 등에 업은 PSG는 현재 유럽에서 가장 많은 돈을 뿌리는 클럽 중 하나라고 할 수 있었다.

그들의 영입설은 첼시의 유망주에서 멈추지 않고 더 많은 선수들에게 링크되었다.

바르셀로나의 네이마르나, 모나코의 음바페처럼 사람들이 코웃음을 치는 루머마저도 이적 소식란을 뜨겁게 달구었다.

그 와중에 새로운 계약 소식을 가장 먼저 알린 것은 첼시였다.

「[오피셜] 첼시, 이니고 마르티네스 영입」

마르티네스의 영입에 성공한 것이다.

그는 키가 작지만 매우 지능적인 수비수였다.

존 테리 말고는 지능적인 수비에 약점을 보였던 수비진에게 좋은 보강이 될 거라 생각되었다.

또한 굉장히 빠르게 나온 영입 발표였는데, 이는 마르티네스의 바이아웃이 저렴하다는 것도 한몫을 했다.

3,200만 유로의 바이아웃.

한화로는 약 410억.

지난 시즌 라리가의 베스트 센터백 중 하나인 만큼 보드진도 시원스럽게 영입을 성사시켰다. 확실히 이런 시원한 일 처리에서 로만의 지원이 뭔지 알 것 같다는 느낌이 들었다.

독일로 가는 비행기를 타며 영입 발표를 본 원지석이 미소 짓고 있을 때였다.

태블릿 화면에 새로운 메일이 왔다는 알림 메시지가 떴다. 아무 생각 없이 그걸 확인한 그의 얼굴이 굳어버린 것은 그리 오래 걸리지 않았다.

―PSG에서 오퍼가 왔어.

원지석은 첨부된 파일을 열었다.

그것은 이적 제안서를 복사한 사본이었다.

스크롤을 내리던 그의 손가락이 멈칫하며 굳었다.

그들이 원한 대상은 제임스였다.

보통 같으면 당연히 거절할 보드진이겠지만, PSG에서 제시한 금액은 그 정도로 컸다. 원지석이 움찔할 정도로 말이다.

1억 5,000만 유로.

한화로 약 2,000억이라는 엄청난 금액을 내건 것이다.

＊   ＊   ＊

원지석은 눈을 비볐다.

다시 확인해도 그 액수가 맞았다.

혹시나 싶어 보드진에게 오타가 아니냐고 물었지만, 보이는 그대로라는 답변이 돌아왔다.

1억 5천만 유로.

현재 세계에서 가장 비싼 이적료를 기록한 선수는 포그바다. 그는 지난여름 1억 1천만 유로로 유벤투스를 떠나 맨유로 이적했다.

그런 포그바보다 무려 4천만 유로가 더 비쌌다.

물론 옵션이 포함된 가격이겠지만, 그걸 감안해도 엄청난 돈이었다.

─만약 제임스를 판다면 그 돈으로 전체적인 보강을 할 수

있을 걸세.

보드진의 말에 원지석은 턱을 괴며 고민에 빠졌다.

확실히 이 돈이라면 S급 매물을 두 명 정도 살 수 있을지도
몰랐다.

그렇다고 해서 과연 제임스를 이적시키는 게 옳은 선택일
까? 냉정해질 필요가 있었다.

원지석은 바로 제임스에게 문자 메시지를 보냈다.

어차피 언론이 냄새를 맡는 건 시간문제다. 시끄러워지기
전에 직접적으로 묻는 게 나을 것이다.

[왜요?]

제임스에게서 답장이 왔다.

그는 현재 자기가 아는 상황을 문자 메시지로 설명했다.

[PSG에서 널 사고 싶다는 제안이 왔구나. 엄청난 이적료에,
너에게 제시할 주급도 엄청날 거야.]

[정말요?]

[우리와 재계약을 한다고 쳐도 너에게 그렇게까지 큰 주급
을 줄 수는 없을 거야.]

첼시의 주급 체계는 꽤 엄격한 편이다.

리그 최고의 크랙인 아자르가 재계약을 하며 받는 3억은 현재 팀 내 최고 주급이었다. 하지만 PSG에서 제임스에게 제시할 주급은 최소 3억에서, 많게는 4억이 될지도 몰랐다.

원지석은 그런 현실까지 가감 없이 전했다.

서로 솔직해져야만 하는 상황이다. 어차피 속여서 득을 볼 것은 없었다.

[그래서요? 감독님의 생각은 어떤데요.]

그 답장에 원지석은 잠시 고민에 빠졌다.

솔직히 말해 유망주 하나를 팔아 정상급 선수를 두 명 이상 살 수 있다면 남는 장사였다.

하지만.

[나는 네가 가지 않았으면 좋겠다.]

원지석은 그런 답변을 적었다.

비싼 값에 팔린다고 해서 무조건 좋은 것은 아니다.

두 가지 예를 들 수 있었다.

하나는 토트넘과 베일이었다.

베일은 토트넘의 공격을 홀로 이끌던 선수였다. 그리고 이적료 기록을 갈아치우며 레알 미드리드로 떠난다.

당시 토트넘의 감독인 빌라스보야스는 베일을 판 돈으로 알짜라 불리는 선수들을 사왔다. 그때만 하더라도 토트넘의 보강은 합리적인 선택으로 보였다.

문제는 그다음이었다.

그 선수들 대부분이 적응에 실패한 것이다.

이후 빌라스보야스는 부진한 성적을 이유로 시즌 도중 경질을 당한다.

이처럼 새로운 선수를 영입한다 쳐도 적응할 수 있을지는 또 다른 문제였다. 거기다 그게 만약 천억에 근접한 선수라면?

'끔찍하군.'

첼시 팬들은 토레스 이후 새로운 악몽을 맛보게 될 터였다.

또 다른 예로 호날두를 들 수 있었다.

그 역시 당시 최고 이적료를 기록하며 맨체스터 유나이티드에서 레알 마드리드로 이적을 선택했다.

하지만 당시 맨유의 감독인 퍼거슨은 오히려 호날두를 너무 싸게 보냈다며 보드진을 비판했다.

그리고 지금 레알에서 보여준 그의 활약을 생각하면 딱히 틀린 말은 아닐지도 몰랐다.

원지석이 고민하는 점은 후자였다.

제임스는 지난 시즌에 데뷔를 한 새내기였다. 그런 놈이 리그와 챔피언스리그를 가리지 않고 충격적인 모습을 보여주었다.

더욱 무서운 것은 앞으로 얼마나 더 좋은 활약을 보여줄지 모른다는 거였다. 이대로 쭉 성장만 한다면 차세대 발롱도르를 다투는 녀석일 테니까.

그랬기에 PSG에서 정신 나간 이적료를 제시한 거겠지만, 원지석의 생각은 조금 달랐다.

어쩌면 그 이상의 선수로 성장할지 모른다.

눈앞의 2,000억이 아니라.

3,000억 그 이상의 값어치를 하는 선수가 될 수 있지 않을까?

이제 중요한 건 제임스의 의지였다.

만약 제임스가 떠난다는 뜻을 밝히면 원지석은 그 뜻을 존중할 것이다.

팀을 위해서라도 그게 나았다. 제임스의 게으른 플레이 스타일상, 의욕을 잃는다면 오히려 팀의 암적인 존재가 될 가능성이 컸으니까.

그때 부르르 하는 진동과 함께 답장이 왔다.

원지석은 조심스레 그 내용을 확인했다.

[그럼 됐어요.]
[뭐?]

막상 이런 답변이 오자 원지석이 눈썹을 긁적였다. 이놈이
이런 말을 하니 어째 찜찜한 기분이 들었다.

[저도 이번에 떠나는 건 별로예요. 제시의 산달이 얼마 남
지 않았거든요.]

그의 여자 친구인 제시는 현재 임신을 했다. 그리고 빠르면
8월, 늦으면 9월쯤엔 출산을 할 거라 예상되었다.
제임스가 우려하는 부분도 그 점이었다.
새로운 팀에 이적을 한다면 적응을 위해 정신없이 바쁠 것
이다. 그러다 보면 자연스레 제시에게 소홀해질 수 있었다.
그녀를 끔찍이 아끼는 그에겐 상상하기 어려운 일이다.
물론 함께 파리로 떠나는 방법도 있겠지만, 제임스는 굳이
그렇게까지 하고 싶지는 않았다.
아이가 태어나고.
세 명이란 새로운 가족으로 적응한다면.

만약 팀을 떠난다고 한다면 그때가 되어서도 늦지 않을 것이다.

[알겠다.]

생각보다 철이 들었구나.

뒷말을 생략한 원지석이 그 답장을 끝으로 눈을 감았다.

"무슨 일이 생겼나요?"

비행기 옆 좌석에 있던 캐서린이 조심스레 물었다.

아까부터 옆에서 상황을 지켜보던 그녀로서는 시시각각 표정이 바뀌는 연인의 모습이 불안했던 모양이었다.

원지석은 그녀를 보며 미소를 지었다.

"아무것도 아니에요.

무언가 후련해 보이는 웃음이었다.

＊　　　　　＊　　　　　＊

「[텔레그래프] 제임스에게 온 거대한 오퍼」

「[RMC] 1억 5천만 유로로 악마의 재능을 탐내는 PSG!」

결국 기자들이 냄새를 맡았다.

그냥 루머도 아니고, 공신력이 높은 기자들이 컨펌한 내용이기에 사람들은 그 금액을 보며 술렁였다.

—1억5천만 유로????
—1,500만 유로를 잘못 본 거 아니지??
—포그바야 월드 베스트라도 들면서 왔다지만 쟤는 뭘 했다고??

이번 제의는 첼시 팬덤에서도 의견이 갈렸다.

거액의 제안인 만큼 팔아서 더 좋은 보강을 해야 한다는 의견과, 제안은 매력적이지만 팀의 미래를 팔 수 없다는 의견이.

인터넷이 시끄러워질 무렵 원지석은 캐서린과 함께 독일에 도착했다.

독일에서 가장 유명한 공항인 암마인 국제공항에 내린 그들은 택시를 타고 숙소를 향해 달렸다.

헤센 주의 프랑크푸르트는 매우 큰 도시였다.

2차 대전 당시 도시가 붕괴 수준까지 갔기에, 그 위로 새로운 건물을 올린 만큼 독일에서 가장 현대적인 느낌이 나는 곳이기도 했다.

예약한 호텔에 짐을 푼 원지석이 밖으로 나왔다.

이제부터는 따로 볼일이 있기에 캐서린은 휴식을 취하기로
한 상황이었다.

지나가는 택시를 잡은 원지석이 종이를 펼쳐 기사에게 건
넸다. 홀랜드가 준 그 종이였다.

택시가 출발하며 원지석은 창밖을 보았다.

독일어로 쓰인 간판이 아니었다면 이색적인 느낌을 받지 못
했을 것이다. 일단 개인적인 용무가 관광은 아니었기에 문제
될 것은 없었지만.

원지석이 독일까지 온 이유.

그것은 홀랜드가 추천한 후임 때문이었다.

"여긴가."

택시에서 내린 원지석이 대문 옆에 걸린 판을 보며 중얼거
렸다. 종이에 적힌 곳과 같았다.

벨을 누르자 찌르르 하는 소리가 울렸다.

얼마 지나지 않아 초인종 소리가 뚝 끊기며 사람의 목소리
가 들렸다.

―…누구세요?

독일어에 유창한 편은 아니지만, 푹 잠긴 그 목소리에 상대
가 잠에서 막 깨어났다는 걸 어렵지 않게 알 수 있었다.

"오츠펠트 씨?"

―맞는데 누구신지?

잠을 방해해서 그런지 꽤나 까칠한 목소리였다.

아니면 어설픈 독일어 발음에 경계심이 생겼을지도.

원지석은 차분히 말을 이었다.

"홀랜드의 소개를 받고 왔습니다. 잠깐 자리를 가질 수 있을까요?"

—홀랜드? 스티브 홀랜드?

되돌아온 반응이 이상했다.

반가운 이름을 들은 게 아닌, 오히려 불쾌감이 가득한 대답이었다.

불길한 예감은 틀리지 않았다.

—일없으니 가보쇼.

뚝 끊기는 소리에 원지석이 당황한 얼굴로 고개를 들었다. 아무래도 방금 들은 말을 잘못 이해한 것 같지는 않은데.

"뭐 이런."

결국 원지석은 아무런 소득 없이 발걸음을 돌렸다.

호텔로 돌아온 그는 홀랜드에게 문자를 보내며 대체 어찌된 일인지를 물었다. 설마 이사를 했다거나, 아니면 형제라거나.

홀랜드는 간편한 답을 내놓았다.

—괴짜야.

"네?"

전화를 하던 원지석이 얼굴을 찌푸렸다.

지금 그가 있는 곳은 호텔 안의 카페.

저녁 식사를 끝마치고 커피를 마시던 중 홀랜드에게서 전화가 온 것이다.

—하지만 실력은 확실하니 가능하면 데려가 보는 게 좋을 거야. 능력만은 믿을 만한 사람이니까.

"저쪽은 대화할 마음이 아예 없는 거 같은데요?"

—그렇다면 내일이나, 아니면 이틀 뒤에 다시 가보면 또 다를걸? 항상 이때쯤이면 연락이 왔으니까.

연락?

이해 못 할 뒷말에 원지석이 고개를 갸웃거렸다.

아무튼 능력만은 뛰어나다니 다시 가볼 생각이긴 했다. 내일 한 번만 더 가보자. 그때도 문전박대를 당한다면 캐서린과 관광을 즐기고 돌아갈 생각이었다.

그의 이름은 케빈 오츠펠트.

확실히 능력만은 뛰어나다는 말이 거짓은 아니었다.

UEFA A 라이센스 이론 시험에서 만점을 받은 사람은 총 세 명.

토마스 투헬.

토비아스 슈바인슈타이거.

그리고 케빈 오츠펠트.

토마스 투헬은 불화 끝에 경질되었지만, 그 능력만은 인정받는 감독이었다.

토비아스는 독일의 레전드인 바스티안 슈바인슈타이거의 형으로, 현재 바이에른 뮌헨의 유소년 코치였다.

케빈 오츠펠트는.

그의 기록을 확인하던 원지석이 멈칫했다.

'뭐 하는 인간이야?'

그간의 경력이 화려했다.

그 구단들이 매우 유명해서 그런 게 아니다. 역마살처럼 한 곳에 오래 있지 못하고 이곳저곳을 떠돌아다닌 게 문제였다.

가장 오래 일했던 기록이 2년이었다.

첫 직장이었던 볼프스부르크에서 가장 오랜 시간을 일했고, 그 이후로는 대부분 1년도 채우지 못한 채 팀을 떠났다.

'괴짜라고 했지.'

이런 이력에도 불구하고 새로운 구단에서 러브 콜을 보내는 걸 보면 확실히 능력은 있는 듯한데.

다시 케빈의 집을 찾은 원지석이 한숨을 쉬며 초인종을 눌렀다.

─누구십니까.

이번에는 꽤나 또렷한 목소리였다.

아니, 그 말고 다른 사람이 있는지 잡음이 섞였다. 쿵쿵쿵

하며 두드리는 소리와 꽤 화가 난 여성의 목소리가.

"오츠펠트 씨? 제의할 게 있어서 왔습니다. 이야기를 할 수 있을까요?"

─…….

잠시 침묵이 이어졌다.

스피커를 통해 다른 소리가 계속해서 새는 걸 보니 전처럼 뚝 끊어버린 것은 아닌 모양이었다.

이윽고 딸칵 하는 소리와 함께 대문의 잠금장치가 풀렸다.

'들어오라는 거지?'

원지석은 조심스레 문을 열고 건물 안쪽을 향해 들어갔다.

그때 큰 발소리와 함께 계단을 내려오는 사람이 있었다. 덩치가 큰 아줌마였는데, 불쾌한 얼굴로 욕지거릴 토하는 게 들렸다.

"이번엔 정말 쫓아내야지!"

그 목소리가 스피커를 통해 들렸던 것과 흡사해 원지석이 고개를 갸웃거렸다.

계단을 올라 이윽고 케빈이 묵고 있는 호실에 도착한 원지석이 헛기침을 하며 벨을 눌렀다.

하지만 대답은 들려오지 않았다.

설마 이대로 돌아가라는 건 아니겠지.

얼굴을 구긴 그가 문을 두드리며 입을 열었다.

"오츠펠트 씨?"

"아, 당신이군!"

원지석의 말에 안쪽에서 반응이 들려왔다.

잠시 후 문이 열리며 한 사람이 모습을 드러냈다.

"그 아줌마가 오기 전에 빨리!"

남자치고는 긴 머리를 파마하며 5 : 5 가르마로 나눈 사람이었다. 거기다 몸에 밴 담배 냄새가 코를 찔렀다.

이 인간이 케빈 오츠펠트.

원지석이 새로 영입해야 할 수석 코치였다.

'돌아갈까.'

첫인상은 믿음과 거리가 멀었지만 말이다.

케빈의 집은 지저분했다.

아니, 부엌처럼 위생이 중요한 곳은 잘 정리되어 있는 반면 다른 곳은 아니었다.

책상 위는 어지럽게 늘여진 종이들로 가득했다. 슬쩍 보니 모두 축구에 대한 자료였다. 리그에 대한 자료들, 어제 있었던 경기에 관한 자료들, 전술에 관한 자료들까지.

"책상이 어지럽다고 해서 머릿속까지 어지러운 건 아니지. 깨끗한 책상은 텅 빈 머리를 의미하게?"

이미 많은 소릴 들었는지 케빈이 투덜거렸다.

부엌으로 간 그가 냉장고 문을 열었다.

의외로 냉장고도 깔끔하게 정리되어 있었다.

"커피? 맥주?"

"커피로 주십쇼."

고개를 끄덕인 케빈이 맥주 두 병을 가져왔다. 커피는? 물끄러미 자신을 보는 원지석에게 그는 병따개를 내밀었다.

'괴짜라더니.'

이런 사람이란 걸 미리 들었기에 망정이지, 아니었다면 저 가르마로 병뚜껑을 땄을 것이다.

알 수 없는 한기에 그가 흠칫 어깨를 떨었다. 괜한 오싹함에 맥주를 한 모금 마신 케빈이 병 입구를 까딱거리며 물었다.

"그래서 무슨 일로 오셨다고?"

"첼시에서 함께 일을 하자는 말이었습니다. 저를 도와주는 수석 코치로."

"내가 첼시의 수석 코치를?"

케빈이 피식 웃으며 맥주를 쭉쭉 들이켰다.

기인, 괴짜, 돌아이.

그런 평가는 스스로가 가장 잘 아는 사실이었다.

"홀랜드 그 양반이 대체 무슨 말을 했는지 모르겠는데, 난 당신이 기대하는 그런 사람이 아닐걸."

그 양반도 참 피곤하게.

그렇게 중얼거리는 케빈을 보며 원지석은 둘의 사이가 생각보다 더 가깝다는 걸 눈치챘다.

'시험 중 만났다고 했나.'

UEFA 라이센스는 긴 시간을 투자해야 하는 시험이었다. 등급에 따라 걸리는 시간도 다르며, 짧게는 몇 개월에서 길게는 몇 년이란 시간이 소요된다.

그러다 보니 함께 시험을 받는 사람들 중 자연스레 안면을 트게 되는 경우도 있었다.

그게 인연이든 악연이든 말이다.

스티브 홀랜드와 케빈 오츠펠트 역시 그런 경우였다.

맥주를 한 모금 마시자 쌉싸래한 맛이 목구멍을 타고 미끄러졌다. 원지석이 병을 탁자 위에 올려두며 말했다.

"그런 건 감안하고 왔습니다. 혹시 다른 구단과 먼저 계약을 맺으신 건?"

"백수요. 슬슬 새 구단을 알아보긴 해야 하는데."

케빈이 손을 내저었다.

낭중지추라도 그게 바지 안쪽을 찌른다면 무슨 소용일까. 그는 능력만큼이나 심각한 트러블 메이커였다.

원지석도 제임스 풋볼 아카데미에서 일을 할 때엔 성질을 죽이며 현실에 순응했다.

하지만 이 인간은 그런 게 없었다.

결국 오래 품으면 파상풍이 걸릴 게 뻔한 물건이다. 그런 것을 감내할 구단은 없었다.

첼시에 온다고 해도 케빈이란 못을 어떻게 다룰지는 고심해 볼 문제였다. 옷을 두껍게 입든지, 아니면 망치로 때리든지.

"근데 당신은 내년이면 첼시를 떠나지 않나?"

"그렇긴 한데."

케빈은 핵심적인 질문을 꺼냈다.

그 말에 원지석은 볼을 긁적이며 수긍했다.

"1년 뒤에 떠나는 감독과 1년도 못 버티는 코치라. 재미는 있겠네."

낄낄거리던 그가 맥주병을 비웠다.

입가를 손등으로 훔친 케빈이 고개를 끄덕이며 입을 열었다.

"뭐, 좋아. 합시다."

시원스러운 대답에 원지석은 괴리감을 느꼈다.

"어제와는 너무 다른 반응 아닌가요?"

"어제? 어제는 숙취 때문에 바로 자고 싶었거든. 거기다 1년이든 10년이든 큰 차이는 없을 거 같고."

1년이라도 버티면 다행이지.

그 말에 원지석이 손으로 눈을 덮었다.

이대로 정말 괜찮은 걸까.

"거기다 지금 꽤나 급한 상황이라."

"급해?"

쾅쾅쾅!

그 말과 함께 거칠게 문을 두드리는 소리가 들렸다. 그리고 방세를 내라는 아줌마의 고함도.

'아까 그 소리가 이거였나.'

이제야 스피커에서 새던 소리가 무엇인지 깨달은 원지석이 짜게 식은 눈으로 케빈을 보았다.

그는 지금까지의 모습은 어디 갔는지 어깨를 움츠리며 소곤거렸다.

"먼저 방세부터 내주면 안 될까?"

＊　　　　＊　　　　＊

「[BBC] 원지석, 제임스는 판매 대상이 아니라며 단호히 거절!」

「[텔레그래프] 첼시, 제임스를 판매 불가 대상으로 선언」

한편 첼시가 PSG의 제의를 거절했다는 소식이 언론을 통해 전해졌다.

감독인 원지석과 선수인 제임스 모두 부정적인 의견을 보였다는 내용도 적혀 있었다. 구단으로선 아쉽긴 해도 둘의 뜻을 존중했다.

「[오피셜] EPL 올해의 감독에 선정된 원지석!」

한편 리그 사무국은 16/17 시즌의 가장 우수한 감독으로 원지석을 뽑았다.

지난 시즌에는 후보에서 멈췄던 감독상을 차지하게 된 것이다.

이견이 없는 선정이었다.

리그 23연승이라는 대기록을 세우며 우승을 차지한 첼시인 만큼, 그 영예를 차지하기에 부족함이 없는 퍼포먼스였다.

거기다 챔피언스리그 역시 우승했기에, 1월에 있을 FIFA 풋볼 어워드 시상식에서 올해의 감독을 차지할 거란 예상이 지배적이었다.

독일에서 돌아온 원지석은 곧바로 구단과 케빈을 연결해 주었다.

「[오피셜] 첼시, 케빈 오츠펠트를 수석 코치로 선임」

협상은 시원하게 마무리되었다.

수석 코치라 해도 축구계에서 이름이 알려지지 않은 사람에게 줄 수 있는 주급은 한정적이었다.

그래도 요 근래 받았던 주급보다는 몇 배는 많았기에 케빈은 만족스러운 얼굴로 사인을 끝냈다.

계약금으로 밀린 방세를 낸 케빈은 곧바로 구단에서 제공하는 호텔로 숙소를 옮겼다. 옷을 담은 가방은 가벼웠지만 대신 책이나 서류의 양이 어마어마했다.

케빈 역시 런던 생활이 나쁘지 않은 모양이었다. 식당에 들어가기 전까지는.

[식당 주인이 날 독살하려고 했어!]

그 문자에 피식 웃은 원지석이 답장 대신 스마트폰 화면을 껐다.

바르셀로나의 수비수인 피케는 잉글랜드 생활을 떠올리며 이런 말을 남겼다. 거기서 살 수 있는 건 케이크, 생선, 감자칩뿐이라는 걸.

이곳에서 까다로운 입맛은 버려야 한다.

곧 런던에서 먹을 건 자기가 할 음식밖에 없다는 걸 깨닫

게 될 것이다.

어서 와, 영국은 처음이지?

*   *   *

이제 프리시즌까지는 약 일주일 정도가 남았다.

남은 시간 동안 원지석은 캐서린과 함께 휴가를 즐길 생각이었다. 전에는 미국이었으니 이번엔 조용한 섬이라도 가볼까.

그런 생각을 하던 원지석은 이어지는 캐서린의 말에 눈을 크게 떴다. 이후는 일사천리. 둘은 함께 비행기에 몸을 싣고 먼 길을 떠나는 중이었다.

그게 어디인가 하면.

"원의 고향이라니, 기대되네요!"

한국이었다.

창문을 통해 하늘을 보는 그의 얼굴은 어딘가 불안해 보였다.

'괜찮은 건가.'

지난번에도 한국에 가보고 싶다는 말을 했던 캐서린이었다. 설마 진짜로 갈 줄은 예상하지 못했다. 그녀가 애원하는 눈빛을 보내자 차마 거절할 수 없었던 것이다.

문제는 한국에 가서 뭘 하냐는 거였다.

애석하게도 원지석은 한국에서 뭘 즐긴 기억이 적은 편이었다. 철이 들 무렵에는 학교와 아르바이트를 오갔으니까.

그런 사람과 함께 관광이라니.

원지석은 벌써부터 입가를 매만지며 고민에 빠졌다.

"그런데."

캐서린의 눈이 가늘게 떠졌다.

그녀는 자신의 왼쪽에 있는 여자를 살며시 흘겨보고는 말을 이었다.

"이 여자는 왜 같이 가는 거죠?"

그 말을 들었는지 책을 보던 한채희가 어깨를 으쓱이며 답했다.

"고향인데, 왜요?"

"그렇다고 굳이 같은 비행기를……!"

캐서린의 눈이 날카로워졌다.

그녀는 눈앞의 한채희가 마음에 들지 않았다. 별다른 트러블도 없었지만 본능적으로 물과 기름 같은 사이란 걸 느낀 것이다.

하지만 어깨를 으쓱이며 무시한 한채희가 상체를 내밀며 원지석을 보았다.

"참, 감독님은 한국에 돌아가는 길에 일 좀 해요."

"일이요? 무슨?"

"이미지 관리도 하고 그래야죠?"

한채희의 미소는 요사스러웠다.

검은색의 브이넥 셔츠 안쪽으로 환자처럼 흰 피부가 보였다. 거기다 각도상 가슴골이…….

"윽!"

갑작스러운 통증에 원지석이 급히 고개를 돌렸다.

캐서린의 신발 굽이 원지석의 발을 밟은 것이다.

"원?"

서슬 퍼런 목소리가 목을 간지럽혔다.

원지석이 재빨리 고개를 저었다.

"아니, 나는 아무것도…….'

그는 차마 말을 끝맺지 못하고 입을 다물었다.

그녀의 웃음이 곧 터질 활화산이란 걸 깨달은 것이다.

옆에서 그걸 지켜보던 한채희가 쿡쿡 웃으며 다시 책을 폈다. 놀리는 재미가 있는 커플이었다.

그렇게 해서 도착한 한국.

새벽인 만큼 공항은 한산했다.

지난번의 그 인파를 경험하지 않아도 되자 원지석은 안도의 한숨을 쉬었다.

"그럼 사흘 뒤에 보죠."

한채희는 그 말을 남기고 사라졌다.

어디로 가는 건지는 알지 못했다. 여전히 신비로운 사람이었다.

원지석과 캐서린은 택시를 타고 도착한 호텔에 짐을 풀었다. 잠시 창밖을 보며 피곤함을 풀고 아침 식사를 끝낼 때였다.

'그럼 이제 어딜 가지.'

원지석은 디저트로 나온 홍차를 마시며 고민에 빠졌다. 딱히 갈 만한 곳이 떠오르지 않았기 때문이다.

그냥 관광지를 돌면 될까?

그런 생각을 할 때 캐서린이 입을 열었다.

"원? 여기가 원이 살던 지역인가요?"

"아니요, 거기까진 좀 거리가 있는 편이에요."

택시를 타고 달린다면 아마 1시간 30분에서 2시간은 걸릴 거리였다.

"가볼래요?"

캐서린이 조심스레 물었다.

그녀는 이 낯선 땅에서 원지석이 어떤 시절을 보냈는지 알고 싶었다. 물론 그동안의 뉘앙스로 좋은 추억이 아니란 걸 눈치챘지만, 자세한 사정은 알지 못했다.

이번 여행으로 서로에 대한 걸 더욱 알고 싶었다. 이게 캐서린의 바람이었다.

"미안해요. 지금으로선 좀 그러네요."

원지석이 쓴웃음을 지으며 고개를 저었다.

무엇보다 꺼림칙한 건 그 사람들을 마주칠 가능성이었다. 그녀의 앞에서 괜히 화를 내는 모습을 보이고 싶지 않았다.

"가요. 어디든지."

그는 그녀의 손을 잡고 호텔을 나섰다.

처음 간 곳은 국립중앙박물관이었다.

한국에서 가장 큰 규모를 자랑하는 박물관답게 캐서린 역시 흥미로운 눈으로 유물들을 보았다.

"와, 원! 저것 좀 봐요!"

캐서린의 미소를 보며 원지석은 내신 가슴을 쓸어내렸다. 혹시 마음에 들지 않으면 어쩌나 싶었던 것이다.

박물관 이후로 둘은 소소한 곳을 돌아다녔다.

공원을 걷고, 더운 날씨였기에 아이스크림을 하나씩 물며 관광지를 돌다 보니 어느덧 저녁이 되었다.

원지석은 늦은 저녁으로 치킨집을 선택했다.

"맛있네요!"

캐서린은 치킨을 먹으며 눈을 동그랗게 떴다. 무언가 큰 충격을 받은 걸로도 보였다.

복스럽게 먹는 그 모습을 웃으며 보던 원지석이 입을 열었다.

"오늘 어땠나요?"

"좋았어요!"

"이게 제가 한국에서 기억하는 추억의 전부예요."

그 말에 캐서린의 손이 멈추었다.

그녀는 괜히 물티슈로 손을 닦으며 말했다.

"들켰나요?"

"사실 고집을 부릴 때부터 눈치채고 있었어요. 거기다 고향이라니, 속이 너무 뻔히 보여서 귀여웠지만."

원지석은 의자에 등을 기댔다.

그는 과거를 떠올렸다.

눈앞에서 웃고 있는 아버지가 떠올랐다.

"아버지와 한국에 돌아오면 박물관을 가거나, 아니면 공원을 걷거나. 가끔은 관광지를 돌아다니기도 했어요. 그래도 꼭 저녁으로는 치킨을 먹었죠."

그때마다 아버지는 치킨을 먹는 원지석을 흐뭇하게 바라보았다.

"내일은 아버지에게 가요."

아버지가 잠든 수목장으로.

캐서린이 복받친 감정을 숨기려는 듯 크게 고개를 끄덕였다.

　　　　　*　　　　　*　　　　　*

다음 날 아침.

캐서린과 원지석은 수목장을 찾았다.

길을 걸으며 그는 그녀에게 아버지와 있었던 일화들을 이야기해 주었다.

낯선 땅에서 길을 헤맸던 이야기, 음식이 입에 맞지 않아 고생했던 이야기 같은 것들을.

할 이야기는 많았다.

그만큼 많은 곳을 떠돌아다녔으니까.

소나무에 도착한 둘은 아무 말도 하지 않았다. 무슨 생각을 했는지는 굳이 입으로 떠들 필요가 없을 것이다.

"가죠."

생각을 정리한 원지석이 발걸음을 돌렸다.

둘을 배웅하듯 소나무가 바람에 흔들렸다.

이후는 둘에게 각별하다 말할 수 있는 시간이었다.

원지석은 그동안 언급을 자제했던 이야기들을 조금씩 풀었다. 캐서린은 그런 그의 등을 보듬어주었다.

둘이 사귄 기간은 짧지 않다.

하지만 한국에서 가진 짧은 시간이 서로의 마음을 터놓는 계기가 되었다.

그러면서도 둘은 휴식을 즐겼다.

유원지에도 가보고, 이름난 명소를 찾아가기도 하면서 휴가를 만끽했다.

"추억이 별로 없다면 새로운 추억을 만들면 되죠!"

캐서린의 말에 원지석이 웃으며 고개를 끄덕였다.

다행인 점은 그녀가 한국 음식을 퍽 마음에 들어했다는 거였다. 물론 매운 음식은 캐서린이 아닌 원지석에게도 무리였지만.

가끔은 식당이 아닌 원지석이 직접 음식을 차릴 때가 있었다. 맛이 없어도 엄지를 들 생각이었던 캐서린의 눈이 크게 떠졌다.

"요리를 이렇게 잘했어요?!"

치킨 이후 찾아온 두 번째 경악.

솔직히 말해 그간 먹었던 식당들과 비교해도 꿇리지 않을 맛이었다.

"다행이네요."

앞치마를 벗은 원지석이 자리에 앉았다.

어릴 때부터 홀로 요리를 했던 실력이 발휘된 순간이었다.

'그러고 보니.'

그녀는 문득 지난번에 있었던 가족 식사를 떠올렸다. 초대된 원지석이 했던 말. 밥은 자기가 하면 된다는 말이 괜히 나온 게 아니란 걸 깨달은 것이다.

'분하지만 맛있는걸.'

포크는 멈추지 않고 움직였다.

이렇게 시간을 보내며 어느덧 사흘이 지났다.

한채희가 말했던 일할 시간이 된 것이다.

—사흘 동안 많이 즐기신 거 같은데 이제 일해야죠.

그 말대로 이곳저곳 여행을 다니며 참 많은 사진이 찍혔다. 원지석과 연락을 하지 않았음에도 어디에 있는지 알 정도였으니까.

오늘 그가 할 일은 인터뷰였다.

무슨 일정이 잡혔는지는 미리 연락을 받았기에 사전에 준비할 수 있었다.

"그나마 다행이지."

차에서 내린 원지석이 중얼거렸다.

처음 한채희가 꺼낸 스케줄은 인터뷰가 아닌 예능 방송이었다.

'예능이라니.'

원지석은 그 결정을 극구 반대했다.

왜 그런 말을 했는지는 이해가 되었다.

폭행 스캔들을 뒤집은 일처럼, 사람들에게 호감적인 이미지를 쌓으라는 거였다.

그렇게 된다면 함부로 기사를 쓰는 기자들도 조심스러워할 테니까. 사람들도 신빙성 없는 루머를 섣불리 믿지 않게 될 것이다.

한채희는 예능 한 번이면 굉장히 큰 효과를 거둘 수 있다고 말했다.

그럼에도 원지석은 고개를 저으며 거절의 뜻을 분명히 했다. 차라리 작은 효과를 여러 번 거두는 게 낫지, 예능은 무리였다.

"잘 어울려요."

함께 내린 캐서린이 원지석의 옷매무새를 다듬어주며 볼에 입을 맞추었다.

지금 입고 있는 옷은 어젯밤 그녀와 쇼핑을 하며 산 옷이었다. 캐서린은 모처럼 힘을 내며 원지석을 꾸몄다.

"아, 감독님! 어서 오세요!"

안으로 들어가자 이미 준비를 끝낸 기자들이 반색을 하며 원지석을 안내했다.

캐서린은 카메라에 잡히지 않는 위치에 서서 자신의 연인을 지켜보았다. 아름다운 여인의 모습에 사람들이 술렁였다.

말로만 듣던 캐서린 요크는 사진으로 봤을 때보다 더 아름다운 사람이었다.

그런 사람과 사귀는 부러운 자식이 자리에 앉았다. 가볍게 자기소개를 하며 인터뷰가 시작되었다.

"요 며칠간 두 분의 모습이 인터넷에서 굉장히 화제가 되었어요. 한국에는 언제 오신 건가요?"

"사흘 전에 왔습니다. 그동안 이곳저곳을 돌아다녔는데, 뭐… 어디를 다녔는지는 말하지 않아도 아시겠지만."

뼈가 있는 말에 기자가 쓴웃음을 지었다.

그의 불만은 충분히 이해가 되었다.

어딜 가도 스마트폰 카메라가 따라다녔을 것이다. 그 정도로 지금 SNS에는 둘의 일거수일투족이 올려진 상황이었다.

현재 한국에서 가장 관심을 받는 존재는 원지석이라 말해도 과언이 아니다. 첼시의 경기가 있는 날이라면 모두가 그의 이름을 언급할 정도였다.

그만큼 원지석은 특이한 존재라고 할 수 있었다.

현재 한국 지도자들 중에서도 UEFA 라이센스를 따는 사람은 꽤 많은 편이다. 현 축구계에서 가장 인정받는 라이센스였으니까.

하지만 유럽 축구계에서 직접 감독이 된 사람은 없었다.

중국, 일본 같은 아시아 지역으로 진출하는 감독은 많았지만 유럽은 아직 미지의 영역이었다. 밟는 것조차 불가능해 보이는 땅.

그런 현실에 갑자기 나타난 원지석이란 존재는 확실히 경악스러운 존재였다. 데뷔만으로 충격적이었는데, 이젠 거기서 멈추지 않고 올해의 감독상까지 받지 않았는가.

지금 원지석의 주가는 최고치를 찍는 중이었다.

일종의 신드롬이라 불러도 무방할 정도였다.

그런 만큼 악의적인 루머 또한 많은 편이었다.

영국을 뜨겁게 달구었던 폭행 스캔들은 한국에서도 화제가되었고, 이전에도 악의적인 기사로 루머가 생성된 적이 많았다.

기자는 그런 점을 물었다.

"몇 년 전이었나요? 한때 감독님이 한국 축구는 배울 게 없다는 말을 했다고 논란이 된 적이 있어요."

"누가요? 제가요?"

원지석이 무슨 소리냐며 눈을 끔뻑 떴다.

이윽고 자세한 설명을 들은 그가 눈살을 찌푸리며 입을 열었다.

"순 엉터리네요."

스포츠 코리아의 박성태라고 했던가.

런던까지 오며 인터뷰를 딴 사람이었기에 솔직히 좋은 기억이 있는 사람이었다.

하지만 이런 기사가 나올 줄은 상상도 하지 못했다.

직설적인 말에 자극적인 양념이 쳐지니 완전히 다른 내용으로 탄생한 것이다.

하지만 박성태는 양반이라 할 수 있었다.

아예 근거도 없는 추측이 기사로 나왔으며, 영국에서도 농담으로 치부한 살인자 루머를 무턱대고 번역한 사람마저 있었으니까.

이후 한채희가 손을 쓰며 그런 기사들은 사라졌지만 사람들의 머릿속에 각인된 것까지는 지우지 못했다.

원지석은 이 자리를 빌려 해명했다.

"그런 말이 아니었습니다. 제 경력을 보시면 알겠지만, 저는 한국 축구와 전혀 접점이 없어요. 포르투갈과 영국에서 축구를 배우고 감독이 됐죠."

확실히 그의 국적은 한국이다.

하지만 한국 축구와는 하등 관계가 없는 사람이었다.

어찌 보면 지금의 성공은 어릴 때부터 유럽 축구계에 몸을 담았기에 가능한 일이라고도 볼 수 있었다.

물론 눈앞의 기자도 그런 사실을 잘 알고 있었다. 애초에 한채희가 그런 점을 따지면서 선택한 기자였으니 당연했다.

악의적인 루머를 해명한 원지석이 숨을 돌릴 겸 준비한 홍차를 마실 때였다.

"그럼 최근 떠도는 루머에 대해선 어떻게 생각하세요?"

"또 있습니까?"

그의 얼굴이 구겨지는 걸 보며 기자가 얼른 손을 내저었다.

이번엔 방금처럼 악의적인 헛소문이 아니다.

"현재 한국 국가대표팀의 다음 감독으로 후보에 올랐다는 말이 있어요. 차기 감독을 원하는 투표에서 1위를 차지하기도 하셨고요."

뜬금없이 왜 국대 이야기가 나왔냐면.

현재 한국 축구 국가대표 감독인 슈틸리케는 경질이 거의 확실시된 상황이었다.

느려도 다음 달이면 경질을 당할 거란 예상이 지배적이기에 차기 감독에 대한 의견 역시 분분했다.

그런 상황에서 자국인에, 현재 유럽에서도 가장 핫한 감독인 원지석이 있는 만큼 그의 부임을 바라는 사람들이 많았다.

그런 경우가 없는 것도 아니다.

가장 최근의 경우를 보더라도 불과 며칠 전.

호르헤 삼파올리가 세비야 감독직에서 물러나 아르헨티나의 지휘봉을 잡은 일이 있지 않은가.

"아니요. 분명히 말하지만 저는 첼시와의 계약기간을 지킬 겁니다. 다른 생각은 없어요."

원지석은 자신의 뜻을 분명히 전했다.

다음 시즌을 끝으로 첼시를 떠난다지만 국가대표팀은 그의 계획에 없었다.

"그래도 계약기간이 만료될 18년이면 월드컵을 앞두고 부임할 수도 있는데?"

월드컵.

확실히 챔피언스리그와는 다른 환상이 있는 대회였다.

하지만 이번에도 원지석은 고개를 저었다.

"그건 예의가 아니죠."

현재 한국은 월드컵 예선을 통과하지 못한 상태였다. 그런 상황에 1년간 팀을 이끌고 관리할 감독이 있다면, 그 사람에게 지휘봉을 맡기는 게 나았다.

만약 원지석이 월드컵 직전에 부임한다고 해서 무슨 일을 할 수 있을까. 전술적인 색채도 입히지 못하고 끝날 것이다.

그렇게 인터뷰가 끝났다.

사람들에게 사인을 해주고 함께 사진을 찍은 뒤에야 숨을 돌린 원지석이 스마트폰을 확인했다.

'귀신같네.'

한채희에게 전화가 온 것이다.

기가 막힌 타이밍이었다.

─인터뷰는 어땠어요?

"뭐, 무난하게 끝난 거 같아요."

─다행이네요. 만약 이번에도 별 효과가 없으면 예능 프로라도 잡으려 했는데.

'악마.'

몇 마디를 더 나눈 원지석이 전화를 끊었다.

장난스럽게 말했지만 정말 할지도 모르는 여자였다.

「[다이렉트 풋볼] 자신의 루머를 해명한 원지석!」

「[다이렉트 풋볼] 원지석, 첼시와의 계약기간을 우선한다」

다이렉트 풋볼은 그리 큰 언론사가 아니었다. 그럼에도 원지석과의 단독 인터뷰를 실었기에 많은 사람들이 관심을 가졌다.

—거 봐, 이럴 줄 알았지. ㅉㅉ

—니 닉네임 검색하니 살인자 새끼 꺼지라는 글 나오는데……?

—국가대표 감독은 왜 안 함? 매국노임?

—국뽕은 꺼져 좀.

꼬투리를 잡는 사람이 없는 건 아니지만 대부분의 반응은 호의적이었다.

'예능은 안 해도 되겠군.'

원지석은 내심 안도하며 비행기를 탔다.

이제 돌아갈 시간이었다.

옆에 앉은 한채희는 아쉽다며 묘한 웃음을 지었지만 말이다.

영국으로 돌아온 이후 바뀐 게 있다면 원지석의 집을 꼽을 수 있었다.

한때는 텅 빈 느낌마저 들던 집이 전혀 다른 모습으로 탈바꿈한 것이다.

"원, 이건 어때요?"

그 이유는 별다른 게 없었다.

캐서린과 동거를 시작했기 때문이다.

건네진 태블릿에는 아기자기한 접시와 컵이 보였다. 가구를 바꾼 뒤엔 접시인 모양이었다.

"좋네요."

원지석이 웃으며 고개를 끄덕였다.

사실 이런 디자인 같은 쪽은 그녀의 안목이 훨씬 뛰어났기에 감히 토를 달지 못했다.

이제는 그 크게만 느껴졌던 집이 작게 느껴질 정도였다. 돌아올 때 반겨주는 사람이 있다는 건 그만큼 굉장한 충족감을 주었다.

물론 그건 캐서린에게도 해당되는 이야기였다.

그녀 역시 바쁜 사람이기에 원지석보다 늦게 돌아오는 날이 많았다. 그럴 때마다 따뜻하게 차려진 식탁을 보면 괜히 그를 껴안고 볼을 비볐다.

구단에 복귀한 원지석은 곧 있을 여름 이적 시장을 대비했다.

첼시는 이번 여름에서 선수들을 보호해야 하는 위치에 가까웠다. 스페인 언론들은 선수들을 흔들며 이적을 부채질했다.

「[문도 데포르티보] 앤디는 런던을 떠난다!」
「[스포르트] 사비, 앤디는 바르샤 DNA가 있는 선수」

"미친놈들."

원지석은 그런 기사를 보며 눈살을 찌푸렸다.

문도 데포르티보야 유명한 타블로이드 언론이니 또 소설을 쓰나 했지만, 사비는 달랐다.

바르셀로나의 레전드인 사비는 인터뷰를 통한 언론플레이를 매우 즐겨 쓰는 선수였다. 특히 DNA는 그중에서도 자주 쓰이는 유명한 말로, 보드진과 함께 써먹은 전례가 있었다.

덕분에 입 좀 그만 털라며 빈축을 사기도 했지만 아직 그럴 생각은 없는 모양이었다.

「[텔레그래프] 원지석, 사비는 축구선수가 아니라 생물학자라며 조롱」

원지석으로서도 가만히 두고 볼 수는 없었다.
지키고 뺏어오는 이적 시장 싸움이 시작된 것이다.

*   *   *

"사비는 위대한 선수입니다. 하지만 가끔 그 빌어먹을 DNA 타령을 보면 의문이 드는 건 어쩔 수 없군요. 대체 언제부터 축구를 그만두고 생물학을 전공하게 된 거죠?"
원지석의 발언은 공격적이었다.
내 선수에게 더 이상 집적거리지 말라는 표현이기도 했고, 언론플레이를 비꼬는 조롱이기도 했다.
보통 이런 과격한 발언은 비판을 부르게 된다. 하지만 이후 말 한번 잘했다는 반응이 뒤를 따랐다.

―아스날 팬인데 인정한다.
―파브레가스 때 얼마나 화났는데 진짜…….
―근데 그 파브레가스는 지금 첼시 선수인데?

의외인 것은 지역 라이벌인 아스날의 팬들마저 그 발언에 호의적인 반응을 보였다는 거였다.

그 이유를 들자면 한때 아스날의 주장이었던 세스크 파브레가스를 꼽을 수 있었다.

당시 바르셀로나의 유스였던 파브레가스는 1군 진입에 어려움을 느끼며 잉글랜드로 떠났다.

유망주 해적질이란 비난을 받았지만, 아스날에서 데뷔한 그는 매우 빠르게 성장하며 리그 최고의 미드필더 중 하나로 자리매김한다.

이후 친정 팀인 바르셀로나는 다시 파브레가스를 노렸다.

문제는 가격을 깎기 위해 아스날 팬들을 화나게 할 언론플레이를 했다는 거였다.

선수들, 보드진이 계속해서 아스날을 공격하며 파브레가스를 유혹한 것이다.

남아공 월드컵을 우승하고 가졌던 축하 행사에서는 바르셀로나 유니폼을 입히기까지 하니 앙금이 쌓일 대로 쌓인 상태였다.

덕분에 원지석의 말은 별다른 반발 없이 넘어가게 되었다.

사비 역시 이러한 여론을 의식한 건지 답변을 통해 설전을 이어가진 않았다.

그렇게 앤디에 대한 이적설이 잠잠해질 때쯤, 첼시는 다른 선수의 영입을 시도했다.

「[BBC] 로멜루 루카쿠의 리턴을 원하는 첼시」

「[텔레그래프] 보르도의 말콤을 노리는 원지석!」

수비 쪽엔 이니고 마르티네스를 영입한 만큼 다양한 공격 매물들이 링크되었다.

이미 코스타와 제임스라는 좋은 공격수들을 보유한 첼시지만, 투톱 전술을 즐겨 쓰는 이상 추가적인 공격 보강은 반드시 필요했다.

그중 가장 크게 좁혀진 선수는 두 명이었다.

말콤과 루카쿠.

보르도의 말콤은 현재 프랑스 리그에서 음바페, 르마 다음으로 가장 핫한 유망주였다.

첼시 출신이었던 루카쿠는 기회를 얻기 위해 에버튼으로 떠났다. 하지만 최근 그가 보여주는 활약이 보드진의 눈길을 끌었다.

원지석으로선 어느 쪽이나 나쁘지 않은 매물이었다.

감독에게서 그린 라이트가 떨어지자 보드진은 최우선으로 루카쿠를, 차선책으로 말콤을 노린다는 계획을 세웠다.

그렇게 시간이 지나 7월.

원래라면 지금쯤 복귀해야 할 때지만, 새로 들어온 케빈의 적응을 위해 일부 스태프진은 미리 복귀를 한 상황이었다.

곧 다가올 프리시즌을 계획 중이던 원지석은 갑작스러운 소식에 얼굴을 찌푸렸다.

「[BBC] 맨유, 로멜루 루카쿠에 대해 에버튼과 이적료 합의를 끝내다」

"잘한다, 진짜."

원지석은 기사를 구기며 쓰레기통에 처박았다.

영입을 확신하던 보드진 수준을 알 것만 같았다.

애초 맨유는 루카쿠가 아닌 모라타의 영입을 노린다는 말이 있었지만, 그 장막 속에선 처음부터 루카쿠에게 접선을 시도했던 것이다.

무리뉴 감독과 맨유 보드진이 첼시를 상대로 한 방 먹였다고 할 수 있는 이적이었다.

'당했네.'

원지석은 특유의 능글맞은 미소를 짓고 있을 무리뉴를 떠올렸다.

며칠 전 그의 가족과 식사 자리를 가졌을 때에도 별다른 기색을 내비치지 않더니, 이런 서프라이즈를 준비하고 있었을 줄이야.

"잘됐네. 난 그 이적 별로였거든."

케빈이 쓰레기통에서 처박힌 신문을 꺼내며 이죽거렸다. 이 쓰레기통이 왜 이렇게 울퉁불퉁한지 아직 깨닫지 못한 모양이었다.

케빈 오츠펠트는 처음부터 루카쿠 이적을 반대한 사람 중 하나였다.

덩칫값을 하지 못한다는 게 그 이유였다. 확실히 루카쿠의 피지컬은 엄청났지만, 선수 본인이 포스트플레이를 피하는 유형이었다.

오히려 측면으로 빠지는 플레이를 보면 디에고 코스타와 동선이 겹칠 우려가 있었기에 루카쿠의 이적을 반기지 않았다.

"그래도 제임스와는 어울릴 거 같았는데."

첼시는 지난 시즌에 코스타를 부상으로 잃은 적이 있었다.

부족한 공격 자원을 채우기 위해 궁여지책으로 앤디를 최전방으로 올렸지만, 코스타만큼의 파괴력이 나오지 않은 게 사실이다.

만약 제임스나 코스타 중 한 명이 빠지게 된다면 그 자리를 채울 선수가 필요했다. 빅 매치를 앞에 두고 빠질지도 모르는 일이었으니까.

"이미 떠난 선수인 걸 어떡하겠어. 다른 선수를 찾아야지."

케빈은 낄낄거리며 스카우트 자료집을 뒤적였다.

얄밉긴 하지만 맞는 말이었다.

이미 오피셜이 뜬 선수를 어쩌겠는가.

"너무 비싼 가격만 아니라면 괜찮겠는데."

그 역시 말콤의 이적엔 긍정적인 반응을 보였다. 영상 자료를 보던 케빈이 중얼거렸다.

"확실히 요즘 애들이 축구를 잘해."

말콤은 측면에서 안쪽으로 파고드는 측면공격수였다. 양발도 잘 쓰고 전술 이해도 뛰어나 최전방이나 측면 어느 쪽에 세워도 제 몫을 할 거라 판단되었다.

첼시 보드진은 차선책인 말콤의 이적을 타진했다.

지난 시즌 챔피언스리그에서도 놀라운 활약을 보인 음바페나 르마가 더 좋은 매물이지만, 둘의 이적료는 너무 비쌌다.

한 사람당 천억은 가뿐히 뛰어넘을 매물들이니까.

반면 말콤의 적정 가격은 최대 500억.

옵션을 포함해도 600억을 넘길 거란 생각은 들지 않았다.

다행히 선수 측에선 EPL로 오고 싶단 동기가 있는 것으로 파악되었다.

그 이유는 제수스였다.

말콤과 함께 네이마르의 뒤를 이을 유망주로 평가받던 제수스가 지난겨울 맨 시티로 이적하며 놀라운 활약을 보였기 때문이다. 그런 제수스를 보며 자극을 받은 모양이었다.

이미 영입을 확신하던 루카쿠를 빼앗긴 만큼 보드진은 이번 이적을 빠르게 진행했다.

보르도 역시 우나스란 대형 유망주가 또 있었기에 가격을 맞춘다면 보내줄 의향이 있었다.

「[BBC] 첼시, 브라질 초신성 말콤 영입 임박」

「[스카이스포츠] 레알의 모라타를 노리는 첼시?」

말콤의 영입이 임박한 것과 동시에 또 다른 매물이 링크되었다. 바로 레알 마드리드의 알바로 모라타였다.

이건 케빈이 강력히 건의한 게 컸다.

"말콤은 본 포지션이 윙어인 만큼 스트라이커 자리에서 실패할 가능성도 염두에 둬야 해."

하지만 이미 첼시의 윙어들은 과포화 상태였다.

즉, 누군가는 그 자리에서 떠나야만 했다.

측면 플레이메이커로는 앤디와 파샬리치가 뛸 수 있었고, 수비형 윙어로는 킴과 라이언이 대신 그 자리에 설 수 있었다.

남은 것은 나이가 들며 폼이 눈에 띄게 떨어진 고참 선수들이었다.

페드로와 윌리안.

케빈은 둘의 방출을 건의했다.

"최소한 하나는 팔려야 해."

투톱이 정상적으로 가동될 때 말콤은 윙어로 뛸 수 있는 선수였다. 결국 많은 주급을 받는 잉여 자원을 처리해야만 했다.

「[스카이스포츠] 첼시에서의 미래가 불안정해진 윌리안과 페드로」

이런 점은 전문가들 역시 간파한 점이었다.

축구계에서 은퇴한 레전드들이 칼럼을 실으며 첼시의 상황을 말했다.

이는 선수들에게도 영향을 미쳤다.

"원, 솔직히 말해줘."

윌리안이 원지석의 사무실을 찾았다.

그는 자신의 미래에 대한 확답을 원했다.

"윌리안, 정말 솔직히 말할게요. 다가올 시즌에서 윌리안은 기회를 적게 받을 거예요. 어쩌면 지난 시즌보다 더."

지난 시즌의 윌리안은 로테이션 멤버로 밀려나며 벤치를 달군 날이 많았다.

물론 로테이션을 많이 돌렸기에 시즌 30경기 이상을 소화했지만, 주전 멤버라고 하기엔 부족한 감이 있었다.

　잔인한 말이었다.

　결국 원지석의 말은 더 이상 그에게 자리가 없다는 뜻과 같았기 때문이다.

　하지만 윌리안은 오히려 후련한 듯 고개를 끄덕였다.

　"원, 난 팀을 떠나길 원해."

　들어오는 사람이 있으면 떠나는 사람도 있게 마련이다.

＊　　　　＊　　　　＊

「[오피셜] 말콤, 첼시 이적」

「[오피셜] 알바로 모라타, 첼시 이적」

　첼시는 두 선수의 영입을 발표했다.

　이번 이적을 두고 좋은 선수들이라는 말과는 별개로 그 금액이 논란이 되기도 했다.

　옵션까지 모두 포함할 경우 말콤은 4,200만 파운드, 모라타의 경우는 7,000만 파운드라는 거액의 이적료였던 것이다.

　한화로는 대략 600억과 1,000억이라는 어마어마한 돈이었다.

이전까지 첼시의 최고 이적료 기록이던 토레스가 약 6,000만 파운드였다. 그런 만큼 너무 큰 액수가 아니냐는 우려가 뒤따랐다.

"이번 이적은 좋은 계약입니다. 우리는 좋은 선수들을 위해 알맞은 투자를 했으며, 내년이면 저렴한 금액이란 말을 들을 거라 확신해요."

원지석은 선수 이적을 발표하며 그런 말을 남겼다.

사실 원지석으로서도 지난여름이었다면 너무 비싼 금액이라며 난색을 표했을 것이다.

하지만 그때와는 다른 게 있었다.

바로 챔피언스리그 우승.

우승 상금만으로도 꽤나 많은 돈을 받지만, 가장 중요한 것은 중계권이었다.

거기다 EPL은 리그 순위에 따라 배당 지분이 달라진다. 리그에서도 우승을 차지한 첼시였기에 어마어마한 돈을 챙길 수 있었다.

덕분에 모라타의 영입에 대해 부담을 최소화시키는 게 가능했다.

"아무리 그래도 5년 계약은 너무 장기계약이 아니냐는 말이 있습니다. 적응에 실패한다면 매우 곤란해지지 않을까요?"

먹튀.

먹고 튄다는 말의 줄임말로, 축구계에선 이적료나 주급에 맞지 않는 활약을 보여주는 선수에게 붙여지는 말이었다.

만약 이들이 먹튀가 된다면 가장 손해를 보는 건 첼시였다. 기자는 그런 점을 지적했지만 원지석은 고개를 저었다.

"저와 스태프진은 이 선수가 잘 적응할 수 있도록 최선을 다할 겁니다."

원지석의 어조는 확신이 가득했다.

당연한 이야기였다.

확신이 없었으면 영입을 하지 않았을 것이다.

거기다 여기서 불안한 모습을 보인다면, 바로 옆에 있는 두 선수에게 부담을 주게 된다.

그렇게 첼시는 많은 돈을 들여 공격진의 보강을 성공했다. 이제 남은 것은 잉여 자원의 처분이었다.

「[오피셜] 윌리안, AC 밀란 이적에 합의」

「[텔레그래프] 윌리안의 헌신에 감사를 보내는 첼시」

결국 윌리안의 이적은 현실이 되었다.

최근 중국 자본에게 인수된 AC 밀란이 즉시 전력감으로 윌리안을 영입하는 데 성공했다.

이적료 역시 옵션을 포함했지만 300억이라는 금액은 괜찮게 팔았다는 평가가 지배적이었다.

그리고 시작된 프리시즌.

첼시의 프리시즌은 새로운 전술보다 새로운 선수들에게 초점이 맞추어졌다.

사람들의 예상대로 모라타는 투톱 중 하나로, 말콤은 오른쪽 윙어로 경기를 뛰었다.

"이 새끼들이 또."

다만 경기를 지켜보는 내내 원지석의 얼굴은 밝지 못했다.

선수들의 몸이 꽤나 둔해 보인 것이다.

특히 코스타의 경우는 몸이 후덕해진 걸 단번에 알 수 있을 정도였다.

무리뉴가 경질을 당했던 시즌에도 비슷한 문제가 있었다. 선수들의 자만과 자기 관리 실패로 인한 기량 저하.

"그때처럼은 안 돼."

원지석의 팀에 철 밥통은 없었다.

준비되지 않은 자는 빠질 뿐이다.

첼시가 내부 조절을 할 동안 이적 시장엔 거대한 바람이 불고 있었다.

「[Esporte interaiTVo] 파리의 제안을 수락한 네이마르!」

처음은 아무도 믿지 않았다.

그냥 흔히 있는 기자의 망상으로 쓴 루머 정도로 치부할 뿐이었다.

무리도 아니다.

네이마르는 바르셀로나의 미래를 이끌어갈 재목으로 평가받았다. 보드진 역시 이미 정상급 선수로 성장한 그를 팔 거라고는 생각되지 않을 정도였다.

모든 사람들이 그렇게 생각했을 때였다.

「[카데나 코페] 네이마르의 이적률은 400%」

공신력이 나쁘지 않은 언론에서도 네이마르의 이적을 다루기 시작했다.

이제 사람들의 반응이 조금 달라졌다.

에이, 설마에서, 혹시?

그리고 마침내 폭탄이 떨어졌다.

「[RMC] 네이마르는 PSG의 답변을 기다린다!」
「[RACI] 네이마르의 바이아웃을 지른 PSG!」

공신력에서 끝판왕 소릴 듣는 매체에서도 그 사실을 컨펌한 것이다.

네이마르의 바이아웃은 222M 유로.

약 3,000억이라는 거액.

폴 포그바의 기록을 두 배 이상으로 넘겨 버린 미친 액수였
다.

                    *   *   *

라리가에서 바이아웃 제도는 계약 시 반드시 들어가야 할
의무 조항이었다.

그러다가 루이스 피구의 충격적인 이적 이후, 라리가의 바
이아웃은 실감이 나지 않을 천문학적인 금액으로 올랐다.

네이마르의 경우도 마찬가지였다.

설마 3,000억을.

아무리 좋은 선수라고 해도 3,000억을?

하지만 그 설마가 현실이 되었다.

이제 남은 건 네이마르의 선택이었다.

이적 허용 조건을 맞춘다고 해서 무조건 떠나는 게 아니다.
선수 본인이 팀을 떠나고 싶지 않으면 돈이 무슨 소용이겠는
가.

바르셀로나 팬들은 네이마르에게 떠나지 말 것을 부탁했다.

SNS에 댓글을 달거나, 혹은 그의 집을 찾아가 애원했다.

그러나 이런 기대는 산산조각이 나고 말았다.

「[오피셜] 구단에 이적 요청서를 제출한 네이마르」

바르셀로나 보드진은 공식 홈페이지를 통해 이러한 사실을 밝혔다.

처음에만 하더라도 말도 안 되는 루머로 치부되었던 이적이 현실로 다가온 것이다.

그리고 이틀 뒤.

「[오피셜] PSG, 네이마르 영입」

양 구단은 네이마르의 이적을 발표했다.

충격적인 이적이었다.

당장 포그바만 하더라도 너무 비싼 이적료가 아니냐며 비판을 받았다.

하지만 1년 만에 그 금액의 두 배를 넘는 이적료가 나올 줄 누가 상상이나 했을까.

말이 3천억이지, 그 정도면 나쁘지 않은 팀 스쿼드를 꾸릴 수 있는 돈이었다.

혹자는 이번 이적을 베라티에 연결하는 사람도 있었다.

사건의 발단은 이랬다.

이번 이적 시장 초기에 사비와 바르셀로나는 앤디만이 아닌 베라티에게도 언론플레이를 한 적이 있었다.

문제는 앤디와는 다르게 베라티가 이적을 타진했다는 거였다. 구단에 이적 요청을 했고, 바로 얼마 전에 장기계약을 맺은 선수의 행보에 PSG 보드진은 당황했다.

이후 에이전트가 베라티는 지금 감옥에 갇혀 있다는 폭탄 발언까지 던지자 사건은 걷잡을 수 없이 커졌다.

결국 사건이 심각해지자 베라티가 에이전트를 해고시키고 공식적인 사과를 하면서 이적 파동은 일단락되었다.

하지만 이번 일로 PSG 보드진의 분노가 네이마르의 영입을 추진하게 된 계기가 된 거 아니냐는 추측이 있었다.

어찌 되었든 팀의 핵심 중 하나이자 미래로 평가받던 선수는 떠났다. 이제 문제는 네이마르가 떠난 공백을 채워줄 대체자였다.

「[BBC] 바르셀로나, 첼시의 제임스에게 1억 8천만 유로를 비드!」

바르셀로나는 거액을 손에 쥔 만큼 첼시에게 어마어마한

이적료를 제시했다. 한화로 약 2,300억으로, 이전의 PSG가 걸었던 액수보다 큰돈이었다.

하지만 이번에도 첼시는 그 제의를 거절했다.

돈이 문제가 아니다.

감독과 선수가 떠날 의지가 없다는 걸 확고히 했기 때문이다.

더욱이 로만 구단주가 감독을 지지하겠다고 선언했기에 무턱대고 제의를 받아들일 수도 없었다.

결국 바르셀로나는 다른 쪽으로 눈을 돌렸다.

그 대상은 두 명이었다.

도르트문트의 우스만 뎀벨레와, 리버풀의 필리페 쿠티뉴.

뎀벨레 같은 경우는 이미 이적 시장 전부터 영입을 시도했기에 놀라울 건 없었다. 하지만 지금은 상황이 다르다.

당시만 하더라도 도르트문트에 남겠다는 뜻을 밝혔던 뎀벨레가 돌연 자취를 감춘 것이다.

「[빌트] 우스만 뎀벨레, 구단에 '파업 통보' 충격!」

뎀벨레는 강행 수단을 선택했다.

이전에는 MSN 라인의 백업이 될 것을 우려하여 이적을 꺼렸다면 지금은 다르다. 네이마르가 떠난 빈자리를 무혈입성으로 차지할 수 있었다.

이런 뎀벨레의 행동은 많은 사람들의 비판을 받았다.

바이에른 뮌헨의 회장이나, 독일 국가대표 감독인 뢰브 역시 프로답지 못한 행동을 나무랐다.

UEFA 슈퍼 컵을 앞두고 있던 원지석 역시 기자회견에서 이 일에 대한 질문을 받았다.

"이적하고 싶은 마음은 알겠으나 그건 잘못된 행동입니다. 프로라면 자신의 행동이 무엇을 의미하는지 생각해야죠."

그 외로는 곧 있을 슈퍼 컵에 대한 질문이 이어졌다.

슈퍼 컵은 챔피언스리그 우승 팀과 유로파 리그의 우승 팀이 맞붙는 대회였다.

그리고 그 상대는 유로파를 우승하며 챔피언스리그 티켓을 따낸 맨체스터 유나이티드.

"이번 슈퍼 컵에선 무리뉴와 맞붙는 첫 유럽 대항전입니다. 커뮤니티 실드에서는 답답한 경기력을 보였는데, 이번에 변화를 주실 생각인가요?"

며칠 전에 있었던 커뮤니티 실드를 떠올린 원지석이 쓴웃음을 지었다.

커뮤니티 실드는 리그 우승 팀과 FA컵 우승 팀이 맞붙는 이벤트 대회였다. 거기서 첼시는 형편없는 경기력 끝에 진땀승을 거두었다.

시즌이 코앞인데도 몸을 만들지 않은 선수들의 경기력은 끔찍했던 것이다.

"이번에는 새 얼굴들을 볼 수 있을 겁니다."

원지석은 변화를 예고했다.

커뮤니티 실드에서 기회를 놓친 것은 그들이었다. 그리고 이번 슈퍼 컵에서 새로운 선수들이 눈도장을 찍는 데 성공한다면, 벤치를 각오해 두는 게 좋았다.

슈퍼 컵은 새로 들어온 선수들이 얼굴을 보이기에 안성맞춤인 대회였다.

"감독님은 이번에 이적 시장에서 놓쳤던 매물인 루카쿠를 상대하게 됩니다. 이 선수를 어떻게 막을지 준비한 계획이 있나요?"

"있긴 하지만 이곳에서 말하기에는 좋은 생각이 아닌 거 같군요. 경기에서 확인하실 수 있을 겁니다."

인터뷰를 마무리 지은 원지석이 경기를 준비했다.

오늘 첼시의 라인업은 442의 포메이션이었다. 여기까지라면 그러려니 했겠지만, 원지석이 예고한 대로 새로운 선수들이 얼굴을 채웠다.

최전방에는 제임스와 모라타가.

중원에는 캉테와 킴을 코어로 삼으며 측면으로 말콤과 앤디를 세웠다.

포백에는 시디베, 마르티네스, 주마, 아스필리쿠에타가 자리를 잡았다.

　─새로 영입된 선수들이 모두 모습을 보였군요.
　─아, 벤치에 있는 코스타의 얼굴이 매우 좋지 않아 보입니다.

커뮤니티 실드에서 둔한 모습을 보였던 코스타는 오늘 벤치로 내려간 게 불만인 얼굴이었다.

이런 첼시에 대응하며 맨유는 4141의 포메이션을 들고 나왔다.

원톱에는 루카쿠가.

중원에는 포그바와 에레라를 중심으로 삼으며 측면에 린가드와 미키타리안이.

수비형미드필더로는 블린트가 자리를 잡음으로써 상황에 따라 역삼각형 433 같은 전술이 가능했다.

맨유 역시 센터백에 린델로프를 넣으며 새로 영입한 선수들을 투입시켰다.

양 팀 모두 신입생들이 낀 만큼 조직력에서 완벽한 모습을 보이지 못했다. 간혹 발이 맞지 않아 패스 실수가 나올 때도 있었다.

─또다시 말콤이 공을 잡고 안쪽으로 파고듭니다!

─린델로프가 매우 힘겨워하고 있어요!

말콤은 아직 어린 나이인 만큼 피지컬적으로 완성된 선수는 아니었다. 하지만 순간적인 센스는 그가 1군에서 활약할 수 있는 원동력이 되었다.

린델로프와 경합 중이던 말콤이 순간적으로 속력을 끌어올리며 더 안쪽을 향해 치고 들어갔다.

수비진의 호흡이 공격진보다 중요하다는 건 이견이 없을 정도로 당연한 말이었다. 그리고 방금 맨유 수비진의 호흡이 엇갈렸다.

다른 센터백인 스몰링이 슈팅 각도를 잡은 말콤을 막기 위해 뛰쳐나왔다.

하지만 말콤은 슈팅 대신 공을 한 번 접은 후 제임스에게 스루패스를 찔렀다.

─골이에요 골! 2,300억이 될 뻔했던 제임스의 골! 거기다 말콤이 데뷔전에서 어시스트를 기록합니다!

제임스의 슈팅은 골대 구석을 향해 매우 굴곡진 각도로 휘었다. 골을 넣은 그가 카메라 앞에서 무언가를 안은 것처럼 굽힌 두 손을 좌우로 흔들었다.

―요람 셀레브레이션이군요.
―제임스 선수의 여자 친구가 곧 있으면 산달이라고 하네요. 고생하는 여자 친구를 위해 보여준 셀레브레이션 같습니다.

경기는 제임스의 골로 첼시가 승리를 거두었다.
원지석은 흡족한 얼굴로 경기장의 선수들을 격려했다. 아직 서로 간의 호흡이 맞지 않더라도 퍼포먼스 자체는 나쁘지 않았던 것이다.
시즌은 아직 시작도 하지 않았다.
계속해서 합을 맞춘다면 기대 이상의 파괴력이 나올 것으로 예상되었다.
한편 이번 여름은 무척이나 혼란스러웠다.
네이마르의 이적도 그렇지만, 그 여파로 인해 두 명의 선수가 말썽을 일으킨 것이다.
뎀벨레가 아닌 다른 한 선수는 필리페 쿠티뉴였다.
둘의 문제는 생각보다 오래가는 중이었다.
특히 쿠티뉴는 지난해에 장기계약을 맺은 선수가 갑자기

이적 요청서를 제출하자 팬들의 충격이 큰 상태였다.

「[미러] 등 부상을 입은 쿠티뉴, 국대에서는?」

그동안 등 부상을 이유로 출전을 거부하던 쿠티뉴가 국가 대표 훈련장에 멀쩡히 나타나자 팬들의 배신감은 극에 달했다.

—뭐냐, 저거 대역 배우냐?
—이럴 거면 장기계약을 하지 말던가!!
—반 다이크 때랑 너무 다른 거 아니냐, 너네ㅋㅋㅋㅋ

이렇게 바르셀로나로 가기 위해 두 명이 태업을 했지만, 도착한 것은 한 명뿐이었다.

「[오피셜] 우스만 뎀벨레, 바르셀로나로 이적」

결국 도르트문트가 뎀벨레를 팔아버린 것이다.
이적료는 옵션까지 포함해 약 1억 5천만 유로.
이미 사람들의 상식을 뛰어넘은 이적료였다.
그렇게 이적 시장도 막바지에 달했다.

그때 뎀벨레도, 쿠티뉴도 아닌.
또 하나의 거대한 폭풍이 이적 시장을 강타했다.

「[오피셜] 킬리안 음바페, PSG로 이적」

이적료는 1억 8,000만 유로.
한화로 약 2,300억.
이번 여름에만 포그바의 기록이 세 번이나 깨진, 경악스러
운 이적 시장이었다.

*   *   *

음바페의 정확한 계약은 임대 이적이다.
재정적 페어플레이 룰.
즉 FFP룰을 피하기 위해 내년 여름에 돈을 지불하는 꼼수
였다.
이번 여름에서 보여준 PSG의 행보에 유럽 축구계는 난리가
났다. FFP룰은 몇몇 구단에게만 유리한 룰이라는 비판이 있
어도, 그런 구단도 PSG 같은 행보를 보이지 못했다.

「[가디언] 유명무실해진 FFP룰」

언론들은 UEFA를 비판했다. 조사에 들어간다고 해도 임대 이적이란 편법 때문에 아무것도 하지 못할 거란 의견이 지배적이었기 때문이다.

결국 PSG는 아무런 처벌을 받지 않을 것이다.

그렇게 큰 파란을 남겼던 이적 시장이 끝났다.

네이마르, 뎀벨레, 음바페.

저 셋의 이적료를 본 사람들은 이렇게 말했다.

"미친 이적 시장이군요."

기자회견을 하던 원지석이 한 말이었다.

더 무서운 건 이번 이적 시장의 영향으로 선수들의 몸값이 천정부지로 솟을지 모른다는 거였다.

'살아남아야지.'

앞으로의 시즌 계획이 더욱 어려워지겠지만, 어쩌겠는가. 적응해야지. 도태되기 싫다면 살아남을 방법을 찾아야 했다.

한편 첼시로선 또 다른 경사를 맞이하게 되었다.

「[오피셜] 골든 보이 후보 리스트 발표」

지난 시즌 중 가장 뛰어난 활약을 보였던 유망주에게 수여되는 골든 보이.

총 25명의 후보 리스트 중에서도 첼시는 많은 유망주를 올렸다.

라이언 반스.

킴 드와이트.

제임스 파커.

앤드루 요크, 즉 앤디.

총 네 명의 유망주가 이름을 올리게 되었다.

그만큼 EPL과 챔피언스리그에서 보여준 활약이 인상적이었다고 인정을 받은 것이다.

하지만 골든 보이는 골든 보이고 리그는 리그다. 그 유망주들은 지금 곧 다가올 빅 매치를 앞두며 침을 삼키고 있었다.

긴장되어서?

아니.

위이잉.

눈앞의 바리캉을 들고 있는 미친놈이 무서워서.

이번 상대는 맨체스터 시티였다.

지난 시즌 기복이 있었던 맨 시티는 이번 시즌 초반부터 엄청난 퍼포먼스를 뽐내는 중이었다.

무엇보다 선수들이 펩 과르디올라의 전술에 적응했다는 게 크게 작용한 듯했다.

지난 시즌 부진한 모습으로 욕을 먹었던 존 스톤스는 환골

탈태라는 말도 부족할 지경이었다. 거기다 부진한 브라보를 대신해 영입한 에데르손도 뛰어난 활약을 보여주고 있었다.

위이잉.

한편 바리캉은 아직도 멈추지 않고 원지석의 손에 들려 있었다. 그는 벽에 붙은 맨 시티 선수들의 사진을 보았다.

반짝였다.

이번 시즌 맨 시티는 유독 삭발을 한 선수들이 눈에 띄었다. 망갈라, 페르난지뉴, 투레, 콤파니, 그리고 뜬금없는 다비드 실바까지.

감독인 펩 과르디올라까지 삭발을 하니 우스갯소리로 축구력과 머리칼을 바꿨다는 농담이 나올 정도였다.

"이번 경기 엄청 힘들 겁니다. 모두 각오해요."

원지석의 말은 조용히 라커 룸을 울렸다.

위잉위잉 하는 바리캉 소리가 더 클 지경이었지만, 그의 말을 듣지 못하는 사람은 없었다.

"만약 정신 못 차리는 놈이 있다면."

위기잉!

모발을 내놓으라며 악마가 용트림했다.

17 ROUND
유종의 미

"유치하게 뭐 하는 거야."

벤치에 앉은 케빈이 투덜거렸다.

자신의 바리캉을 다시 돌려받은 그가 소중히 품에 넣었다.

"그러게 누가 그걸 라커 룸에 두래요?"

선수들의 모발을 오싹하게 만든 그것은 케빈의 물건이었다.

재미있겠다 싶어 이후 맨 시티 선수들의 사진을 뽑아온 거였고.

"바리캉 아니야. 수염 트리머지."

그렇게 말한 케빈이 쯧 하고 혀를 차며 말을 이었다.

"아무튼, 너 아까 라커 룸에서는 진짜 미친놈인 줄 알았다.

원래 그런 성격이냐?"

"설마요. 필요한 퍼포먼스니까 한 거지."

겸사겸사 긴장도 풀어줄 겸.

원지석이 어깨를 으쓱였다.

그는 이번 시즌에서 가장 위협적인 팀으로 맨 시티를 꼽았다. 그만큼 매우 좋은 기세였고, 이번 경기를 통해 그 기세를 꺾을 필요가 있었다.

—또다시 빠르게 돌파하는 첼시! 공을 빼앗자마자 모든 선수들이 달립니다!

—맨 시티의 중원 압박도 숨 막히지만 첼시의 공격은 질주하는 스포츠카를 연상시키는군요!

경기는 점유율과 속도의 싸움이었다.

맨 시티 쪽이 점유율에서 우위를 가져가는 싸움을 한다면, 첼시는 속도로 그들의 중원을 찔렀다.

이번 전술은 케빈의 의견이었다.

그는 맨 시티가 점유율로 압박을 할 거란 걸 예상했다. 그랬기에 대응법으로 빠른 공격과 빠른 수비를 강조했다.

'공을 가지고 있지 마. 패스를 하고 빠르게 전진해! 패스를 놓치면? 빠르게 복귀해야지!'

어찌 보면 게겐 프레싱을 떠올리게 하는 전술이었다. 하지만 모든 선수들이 압박에 가담하지 않는 점에서 차이가 있었다.

이 전술의 핵심은 앤디와 제임스였다.

토털 풋볼의 아이콘인 요한 크루이프처럼, 둘은 첼시의 아슬아슬한 전술을 위협적인 전술로 만들었다.

또다시 킴에게서 공을 받은 앤디가 다이렉트로 제임스를 향해 찔렀다.

패스를 받은 제임스는 뒤에 눈이 달린 것처럼 맨 시티의 압박을 벗어나고선 전진하는 앤디에게 공을 넘겼다.

―제임스와 앤디가 또다시 맨 시티의 진영을 제집처럼 돌아다니고 있어요!

이후 아자르가 골대를 맞고 튕긴 슈팅을 보며 아쉬운 듯 손바닥을 쳤다. 패스미스도, 어이없게 공을 빼앗긴 적도 있지만 확실히 파괴적인 전술이었다.

맨 시티 역시 쉽게 기회를 내주지 않으며 맞대응을 했다. 치고받는 전개가 이어졌고 경기는 점점 치열해졌다.

전반전이 끝났지만 여전히 스코어는 0 : 0.

아직까진 비등하지만 곧 차이가 두드러질 경기였다.

불리한 것은 첼시 쪽이었다. 빠른 속도를 중시하는 이 전술은 그만큼 선수들의 체력이 고갈되는 속도 역시 빨랐기 때문이다.

"슬슬 준비하자."

첼시 선수들의 발이 점점 느려지는 모습이 보이자 케빈이 입을 열었다.

그는 자신의 뒤에 있는 라이언을 가리키며 교체를 건의했다.

시디베의 기동력이 떨어지는 걸 원지석 역시 눈치채고 있었기에 곧 벤치에서 나온 라이언이 몸을 풀었다.

—라이언이 교체를 준비하는 모습이 보이는군요.

—여러 포지션을 소화했던 저번 시즌과 달리, 이번 시즌에 들어선 왼쪽 풀백으로만 출전하는 만큼 시디베와의 교체가 예상됩니다.

17/18 시즌이 시작하며 라이언은 왼쪽 풀백에서만 경기를 뛰었다.

이것 역시 케빈의 강력한 주장으로 이루어진 결과였다. 그는 라이언이 먼저 한 곳에서 자리를 잡아야 한다고 말했다.

롤 모델은 아스필리쿠에타였다.

그는 오른쪽 풀백이 주 포지션이지만, 왼쪽 풀백과 센터백을 가리지 않고 최고의 활약을 보여주는 수비진의 핵심이었다.

"기대하는 게 좋아."

케빈이 경기장 안으로 투입되는 라이언을 보며 묘한 미소를 지었다.

시디베와 교체된 라이언은 역시나 그렇듯 왼쪽 풀백에 자리를 잡았다.

라이언은 작년보다 좋아진 수비 스킬로 스털링에게서 공을 빼냈다. 이후 사람들은 전차 같은 돌파를 예상했지만, 그는 몸을 한 번 접으며 먼 곳을 보았다.

'설마.'

터치라인에서 지켜보던 원지석이 눈을 크게 떴다.

쾅!

하지만 그것은 착각이 아니었다.

매우 큰 소리와 함께 라이언의 패스가 하프라인을 넘어 앤디에게 쏘아졌기 때문이다.

와아아!

환상적인 패스에 관중들이 환호를 보냈다.

공을 잡은 앤디가 깜짝 놀라면서도 공격을 재개했다.

코너킥 깃발 앞까지 침투한 앤디가 날카로운 크로스를 올리자 그것을 모라타가 헤딩으로 마무리를 짓는 데 성공했다.

—고오올! 이번에도 헤딩골을 성공시킨 모라타로 인해 한

점 앞서가는 첼시!

골을 성공시킨 모라타가 셀레브레이션을 하는 모습이 카메라에 잡혔다.

하지만 원지석은 골에 기뻐하면서도 당황한 얼굴로 케빈을 보았다.

"어떻게 한 겁니까?"

예전에도 라이언은 이와 비슷한 패스를 한 적이 있었다. 하지만 그것은 단 한 번뿐, 이후 아무리 연습을 시켜도 같은 패스가 나온 적은 없었다.

"맞춤 학습의 효과?"

케빈이 어깨를 으쓱였다.

킴이 봤다면 재수 없다고 했을 상황이었다.

더 놀라운 것은 이후 이런 초장거리 패스가 몇 번 더 나왔다는 거였다.

물론 모든 패스가 성공한 것은 아니지만, 반타작이 어디인가. 첼시로선 매우 귀한 무기를 얻었다고 할 수 있었다.

현재 첼시의 왼쪽 풀백은 모두 오른발잡이였다.

왼발로 빠른 크로스를 날릴 수 없다는 걸 차치하더라도, 그 유형이 달랐다.

시디베가 중원 싸움에 가담하는 게 능한 선수라면 라이언은 저돌적이다. 그만큼 많은 압박과 견제를 당할 수밖에 없었다.

하지만 장거리 패스는 그런 압박을 무위로 만드는 게 가능했다.

박격포의 영점이 드디어 잡힌 것이다.

"사실 이번 경기는 좀 운이 좋은 편이지. 훈련에서는 열에 세 번을 성공시킨 날도 드물었거든."

그러다 그 세 번을 성공시킨 날이 많아지자 오늘 경기에서 장거리 패스를 해보라며 귀띔을 했다. 그 결과도 생각보다 좋은 편이었고.

시간이 지나며 숙련되고, 경험이 쌓인다면 그땐 정말 걸어 다니는 박격포가 될 수 있을 것이다.

원지석은 물끄러미 케빈을 보았다.

괴짜이지만 천재.

동전의 양면 같은 사람이었다. 그는 자신의 정체성을 확실히 보여주었다.

'이상한 짓 좀 안 했으면 좋겠는데.'

하지만 그 짧은 시간 동안 저지른 기행도 사람들을 경악시키기엔 충분할 정도였다.

결국 경기는 첼시의 힘겨운 승리로 끝났다.

첼시로선 상승세를 이어가게 되었고, 맨 시티로선 그 기세가 한풀 꺾이게 된 경기였다.

＊　　　　＊　　　　＊

「[오피셜] 앤디, 골든 보이 수상」

　지난 시즌 첼시를 EPL과 챔피언스리그 우승으로 이끈 앤디
는 그 능력을 인정받으며 골든 보이라는 영예를 안게 되었다.

　치열한 접전이었다. 제임스와 음바페가 충격적인 데뷔 시즌
을 가진 만큼 앤디는 아슬아슬하게 상을 탈 수 있었다.

　한편 첼시는 챔피언스리그 조별 예선에서도 순조로운 순항
을 이어갔다.

　그렇다고 해서 같이 묶인 팀들 중 쉬운 상대를 만난 것도
아니었다. 세비야, 나폴리, CSKA 모스크바라는 구성은 챔피
언스리그에서도 많은 경험을 쌓은 팀들이니까.

　백미는 나폴리전이었다.

　현재 이탈리아 리그에서 무서운 모습을 보여주는 나폴리를
상대로 원지석은 로테이션을 감행했다.

　사람들은 이해하지 못한다는 반응을 보였으나 그 멤버들로
나폴리를 기어코 잡아내자 입을 벌렸다.

「[BBC] 유럽을 공포에 떨게 하는 투견들」

런던에서 온 사냥개들.

현재 원지석이 이끄는 첼시에게 붙은 별명이었다.

이 별명이 붙게 된 데에는 원지석의 별명이 크게 작용했지만, 팀의 퍼포먼스도 한몫을 했다.

수비진의 약점을 집요하게 물고서 놓지 않는 모습이 흡사 사냥개를 보는 느낌을 주었기 때문이었다.

「[스카이스포츠] 원지석의 새로운 브레인은 누구?」

언론들은 이러한 상황을 분석하며 새로운 수석 코치를 그 이유 중 하나로 꼽았다.

확실히 현재 첼시의 무서운 상승세에서 케빈을 빼놓을 수 없었다. 처음 선임될 때만 하더라도 물음표를 넣던 언론들이 이제는 그 과거를 캐기 시작한 것이다.

결과는 놀라웠다.

UEFA A 라이센스 이론 시험에서 만점을 받고.

그런 능력을 가지고서도 기행 끝에 해고당하는 모습을 보며 언론은 케빈에게 새로운 별명을 붙여주었다.

'광인' 케빈 오츠펠트.

"누구보고 광인이래."

케빈은 그 기사를 구기며 쓰레기통에 처넣었다.

옆에서 지켜보던 원지석이 무심히 말했다.

"잘 어울리네요."

"엿 먹어, 원."

인상을 구기는 그를 보며 원지석이 피식 웃었다. 사람 중에는 욕을 해도 불쾌하지 않게 하는 사람이 있다. 아니면 상황이 그렇게 만든 걸지도.

시즌도 어느새 중반까지 다가왔다.

첼시는 지난 시즌처럼 연승 기록을 세우지 못했지만, 아직 패배를 하지 않았을 정도로 좋은 퍼포먼스를 유지했다.

이번에도 무패 우승의 가능성이 언급됐지만 그런 사람들에게 원지석은 꿈 깨라는 소리를 남겼다.

당장 다음 경기에서 질 수도 있고, 마지막 리그 경기에서 질 수도 있는 게 축구였다.

"아부다비로 갈 준비는 끝냈어요?"

"나야 몸만 가면 되지. 옷이야 뭐 부족하면 거기서 사고."

며칠 뒤 첼시는 아부다비로 떠난다.

FIFA 클럽 월드컵.

각 대륙별 챔피언스리그에서 우승한 팀들이 겨루는 대회로, 첼시 역시 유럽 챔피언 자격으로 참가하게 되었다.

첼시는 이전에도 클럽 월드컵을 나간 적이 있었다.

11/12 시즌의 기적을 이루고 참가했지만, 코린치안스에게 패배하며 준우승의 눈물을 삼킨 만큼 이번엔 달라져야 했다.

'이번엔 꼭 우승해야지.'

두 번이나 우승하지 못한다면 부끄럽지 않겠는가.

"와, 멋지네."

아부다비에 도착한 선수들이 주위를 둘러보며 놀라움을 감추지 못했다.

산유국인 아랍에미리트의 수도답게 건물들이나 조형이 매우 아름다웠다. 이 나라의 왕자 중 한 명이 그 만수르라고 하니, 얼마나 돈이 많을지는 상상도 되지 않았지만.

'캐서린이 있으면 좋아하겠는데.'

원지석은 자신의 연인을 떠올렸다.

그녀는 이런 아름다운 건물에 많은 관심을 보였다.

하지만 원지석은 라커 룸에 여자 친구나 부인을 데려오는 걸 금지시켰다. 팀 기강에 문제가 생길 수 있기 때문이다.

본인이 정한 룰인 만큼 나중에 휴가차 오기로 하고.

우선은 눈앞의 경기가 먼저였다.

첼시의 첫 상대는 아랍에미리트의 팀인 알 자지라였다.

개최국의 리그 우승 팀이란 명분으로 참가했으나, 생각보다 좋은 모습을 보여주며 4강까지 올라오는 저력을 보여주었다.

원지석은 그런 알 자지라를 상대로 로테이션을 돌렸다.

바로 며칠 전에 있던 아스날과의 경기에서 주전을 쓴 만큼 체력 안배가 필요했다. 거기다 연말에는 박싱 데이가 기다리고 있었고.

"응?"

경기장에 들어선 원지석의 눈이 이채를 띠었다.

관중석에서 흔들리는 태극기가 보였기 때문이다.

"먼 곳에서 오셨군."

대충 손을 한 번 흔들어준 원지석이 경기에 집중했다. 오늘 첼시는 로테이션을 돌렸다고 해도, 상대 팀 입장에서는 부담스럽기 매한가지였다.

코스타나 마티치 같은 선수들은 벤치에 있다고 해도 나른 팀에선 어렵지 않게 주전을 차지할 선수들이었다.

그리고 경기 역시 사람들의 예상대로 흘러갔다. 코스타가 멀티골을, 마티치가 중거리골을 성공시키며 수월하게 승리한 첼시였다.

마지막으로 결승전은 그레미우였다.

브라질에서도 손에 꼽히는 인기 팀으로 12년 만에 남미 챔피언으로 복귀하며 클럽 월드컵에 참가한 팀이었다.

원지석은 이번 경기에선 부분적인 로테이션을 가동했다.

준결승전에서 뛰어난 활약을 보여준 코스타와 마티치를 넣었으며, 이제는 핵심 선수로 자리 잡은 제임스와 앤디가 라인업에 이름을 올렸다.

코린치안스에게 당한 패배를 기억하는 팬들은 혹시나 하며 우려를 했지만 경기는 수월하게 진행되었다.

최근 벤치로 밀려난 코스타가 세 골을 넣으며 날카로운 골 감각을 과시한 것이다.

카메라를 향해 포효하는 셀레브레이션은 흡사 자신을 우리에서 꺼내달라는 짐승처럼 보이기도 했다.

「[스카이스포츠] 첼시, 클럽 월드컵 우승!」

기분 좋게 런던으로 돌아온 첼시는 다시 리그를 준비했다.

곧 박싱 데이가 다가온다.

부상자가 없기를 조심해야 하고, 박싱 데이 때도 부상으로 선수를 잃을 수 있었다.

「[스카이스포츠] 원지석, 무리한 일정을 꼬집다」

"선수들은 기계가 아닙니다. 이러한 숨 막히는 일정은 득이 될 게 없어요. 리그 컵을 없애든지, 겨울에 휴식을 주어야 합니다."

원지석만이 아니라 많은 감독들이 비판한 것이지만 EPL 사무국은 별다른 변화를 취하지 않을 것이다. 언제나 그랬듯이.

하나 다행인 점이 있다면 박싱 데이에서 만나는 팀들이 상대적으로 약팀이라 할 수 있는 일정이라는 거였다.

이런 기간에는 그동안 팀이 얼마나 체력 안배를 했는지, 선수들의 폼을 유지시켰는지에 따라 결과가 갈리게 마련이다. 첼시는 그동안 로테이션을 돌린 효과를 톡톡히 보았다.

여유롭게 박싱 데이를 끝마치자 겨울 이적 시장이 다가왔다.

여름에 워낙 큰 파란이 있었던 만큼 이번 겨울에선 어떤 일이 있을지 아무도 알지 못했다.

「[BBC] 원지석, 굳이 선수를 살 필요는 없다」

원지석은 인터뷰를 통해 자신감을 내비쳤다. 그만큼 현재 자신이 보유한 선수들에게 만족감을 나타낸 것이기도 했다.

하지만 인생사 새옹지마라고.

원지석은 자신의 사무실을 찾아온 선수를 보며 골치가 아프다는 듯 손으로 눈을 덮었다.

"팀을 떠나고 싶어."

그의 이름은 디에고 코스타. 이번 시즌에 들며 벤치에 앉는 일이 잦아진 그가 이적 요청을 한 것이다.

*　　　　*　　　　*

코스타는 팀을 떠나고 싶다고 말했다.

그 이유는 어렵지 않게 추측할 수 있었다.

그는 이번 시즌 제임스와 모라타에게 밀리며 주로 로테이션 자원으로 활약했기 때문이다.

선수는 경기를 뛰고 싶어 한다.

가끔 경기보다 주급이나 팀의 간판을 따지는 선수도 있지만, 대부분의 선수는 자신의 커리어가 멈추지 않기를 원한다.

원지석도 자신을 찾아와 떠나고 싶다는 뜻을 밝힌 선수들을 여럿 만나왔다.

하지만 모두가 떠난 것은 아니다.

재정적인 사정에 따라, 팀의 전력적인 사정에 따라.

몇몇 선수는 떠나고 몇몇 선수는 남았다.

이번 여름 이적 시장을 예로 들자면.

떠난 선수로는 윌리안을 들 수 있었다.

그는 자신의 커리어의 마지막을 불태우길 원했다.

윌리안을 처분해도 페드로란 대체 자원이 남았기에 원지석은 그의 뜻을 존중했고, 적절한 이적료를 받으며 보내주었다.

떠나지 못한 선수로는 마티치가 있었다.

킴에게 자리를 밀린 그는 이번 여름에 떠나고 싶다는 뜻을 밝혔다. 하지만 원지석은 그걸 허락해 주지 않았다.

적절한 이적료를 제의한 구단이 없어서?

아니, 실제로 꽤나 괜찮은 이적료가 제시되긴 했다.

보드진은 계약기간이 1년 남은 데다 나이도 많은 선수인 만큼 파는 게 어떠냐고 물었다.

하지만 원지석은 마티치의 이적을 허락하지 않았다.

시즌은 길다.

부상, 슬럼프 같은 이유로 마티치가 필요할지도 모르는 일이었고.

더군다나 라이언이 왼쪽 풀백에서 자연스러운 모습을 보이기 전까지는 킴이 윙어로 뛰어야 하는 만큼, 중원의 뎁스를 얇게 만들 수는 없었다.

어찌 됐든 이후 마티치와의 사이가 틀어졌지만 원지석은 현재의 팀에 만족했다.

그런 상황에 이제는 코스타가 떠나길 원한다.

"안 돼요."

원지석은 단호하게 입을 열었다.

거절의 답변이 돌아오자 코스타의 얼굴이 구겨졌다.

"원, 이러지 마. 서로 나쁠 게 없잖아?"

"좋고 나쁜 건 제가 판단합니다. 언제부터 선수가 떠나고 싶다고 말하면 떠나게 됐죠?"

애초에 모라타를 영입한 이유가 무엇이던가.

주전 공격수들과 경쟁하고, 부담을 덜어주기 위해서 영입된 선수인 만큼, 그 자리를 빼앗긴 건 코스타 본인의 자기 관리 실패가 컸다.

"그럼 주전 자리를 줘."

"지금 제임스와 모라타는 잘해주고 있어요. 둘 중에 하나가 부진하거나, 체력적인 안배가 필요할 때 기회를 줄 겁니다."

"그때까지 기다리진 못해."

선수의 의지는 확고했다.

마티치야 곧 계약기간이 끝나는 선수라지만, 코스타는 아니다. 그런 만큼 팀을 떠나기 위해 무슨 트러블이 생길지 몰랐다.

선수의 잔류와 이적은 상황에 따라 달라진다.

한숨을 쉰 원지석이 마지막 제안을 꺼냈다.

"그럼 이번 겨울이 아닌 다음 여름 이적 시장에 보내준다고 약속할게요."

"아니! 난 AT 마드리드에서 날 원한다는 소식을 들었어. 이번 기회를 놓치면 어떻게 될지 모른다고!"

원지석은 슬슬 이 대화가 짜증 나기 시작했다.

그가 원했던 코스타는 자기 자리를 위해 싸우는 선수였다. 이렇게 애처럼 떼를 쓰는 게 아닌.

"가요. 2군에 처박기 전에."

더 이상의 투정은 받지 않겠다는 경고에 코스타가 사무실의 문을 쾅 닫으며 나갔다.

"잘나가나 싶었더니."

의자에 등을 기댄 원지석이 한숨을 쉬었다.

현재 팀에게 만족한다는 인터뷰를 한 지 얼마나 됐다고 벌써 이적 요청이라니.

물론 지금은 저렇게 행동해도 훗날에는 어떻게 바뀔지 모르는 일이었다.

다시 폼을 올려 주전 자리를 차지할 수도 있는 거고, 만약 이적을 한다면 겨울에 오피셜을 띄우고 여름에 합류하는 방법도 있었다.

유종의 미라는 게 있다.

그것은 이번 시즌을 끝으로 떠나는 원지석에게도 해당되는 이야기였다.

가급적이면 웃으며 헤어지고 싶었다. 팬들과도, 선수들과도.

그랬기에 모두 함께 트로피를 들고 싶었다. 물론 개인적인 욕심인 만큼 보내야 할 선수는 보내야겠지만.

하지만 이런 기대와는 다르게.

잠깐의 해프닝으로 끝날 것 같았던 일은 점점 커지는 중이었다.

「[BBC] 첼시에 감도는 불안한 기운」

「[스카이스포츠] 첼시 감독과 선수들의 불화?」

언론들이 냄새를 맡기 시작한 것이다.

스카이스포츠에서 언급한 선수들은 코스타와 마티치였다. 두 명 모두 이적 요청을 거부당한 자들이었다.

원지석은 이러한 흔들기에 말을 아꼈다.

이미 그는 자신의 뜻을 확고히 밝혔다. 여기서 괜히 말을 늘어놓기보다는 추후 상황을 확실히 파악하는 게 현명할 선택일 것이다.

「[ABC] 코스타의 복귀를 노리는 AT 마드리드」

「[스카이스포츠] 코스타를 노리는 중국 팀들」

한편 코스타가 괜히 그런 말을 한 게 아니었는지, AT 마드리드의 움직임이 언론을 통해 포착되었다.

유소년에 관한 조항을 어기며 FIFA로부터 선수 등록 금지 징계를 받은 AT 마드리드는 이번 겨울부터 그 징계가 풀린다.

거기다 최근 답답한 공격이 문제점으로 지적되었기에, 코스타를 톱클래스의 공격수로 성장시켰던 시메오네 감독이 관심을 보인 것으로 알려졌다.

「[텔레그래프] 첼시, 코스타의 이적 협상을 거절하다」

첼시는 원지석의 의견을 따라 이번 겨울에서 계약을 마무리 짓고, 여름에 합류하는 조건을 내밀었다.

하지만 당장 쓸 만한 공격수가 필요한 AT 마드리드로서는 받아들이기 어려운 조건이었을 터.

그러나 첼시로선 아쉬울 게 없는 이야기였다.

팔지 않으면 그만이었으니까.

이러한 상황에 조바심을 느낀 건지 코스타는 결국 돌이킬 수 없는 짓을 저지르고 말았다.

훈련장에서 선수들을 체크하던 원지석이 주변을 두리번거렸다. 한 선수의 모습이 보이지 않았기 때문이다.

"코스타는? 코스타는 어디 있습니까?"

"없어. 연락도 안 되고."

케빈이 쏩 하고 혀를 찼다.

그는 구단 밥이 맛있다고 사무실에서 살다시피 하는 사람이었다. 그랬기에 어떤 선수가 먼저 오는지 확인할 수 있었는데, 코스타는 오늘 오지 않았다.

"이 새끼가 진짜."

안경을 벗은 원지석이 콧잔등을 꾹꾹 마사지했다.

아무래도 이적을 강행하기 위해 태업이란 수단을 선택한 모양이었다.

그렇다고 해서 그 장단에 맞춰줄 생각은 없었다.

「[오피셜] 첼시, 코스타에게 2주 주급 정지 처분」

곧 구단 차원에서의 징계가 발표되었다.

프로 선수에게 주급 정지는 큰 징계 쪽에 속했다.

만약 계속 잠수를 탄다면 주급 정지의 기간도 더 늘어날 것이다.

「[텔레그래프] 팀을 떠나기를 원하는 디에고 코스타!」

하지만 코스타의 일탈은 멈출 줄을 몰랐다.

훈련을 빼먹고 어디를 갔나 싶었더니, 고향인 브라질로 떠나 파티를 즐기는 모습이 SNS를 통해 전해졌다.

문제는 그가 파티를 즐기며 입었던 옷이 AT 마드리드의 유니폼이라는 거였다.

아무리 첼시를 떠나고 싶어도 현재 그의 소속 팀은 첼시였다.

프로답지 못한 행동에 원지석은 당장 복귀할 것을 명령했다.

어차피 여름 이적 시장이 아닌 이상 금방 복귀할 수밖에 없었다.

시즌 도중에 열리는 겨울 이적 시장에서 경기까지 빼먹는 짓을 한다면, 계약을 어긴 것으로 간주되어 법적인 문제가 생기기 때문이다.

첼시를 떠나고 싶은 거지 축구계를 떠나고 싶은 것은 아닐 테니까.

"어떻게 할 거냐?"

케빈의 물음에도 원지석은 손에 들고 있는 서류를 물끄러미 보았다.

AT 마드리드에게서 온 이적 제안이었다.

종이에 써진 이적료는 약 400억.

나이도 곧 서른에, 현재 말썽을 피우는 공격수에겐 괜찮다고 생각될 가격이었다.

원지석은 종이를 팔랑거리며 고민에 빠졌다.

팀의 재정을 위해서라면 이 이적 제안을 받아들이는 게 나을 것이다.

하지만.

자칫 좋지 않은 선례가 만들어질 수 있었다.

이미 이번 여름 이적 시장에서 비슷한 사례가 있지 않았던 가. 뎀벨레와 쿠티뉴라는 골칫덩어리들이.

그는 이러한 문제가 더욱 심해질 거라 판단했다. 그것을 막으려면 팀을 위해서라도, 자신을 위해서라도 위험한 선례는 만들지 않는 게 좋았다.

드르르르.

문서 파쇄기에 갈리는 서류를 무심하게 보던 원지석이 몸을 돌렸다.

"멋진걸."

갈가리 찢겨지는 종이 쪼가리들을 보면서 케빈이 휘파람을 불었다.

이제 이 문제는 더 이상 감독과 선수간의 트러블이 아니다. 팀이 흔들릴 수 있는 위험한 문제였다.

결국 원지석은 칼을 뽑았다.

「[텔레그래프] 2군으로 강등된 코스타!」

코스타가 U21 팀으로 강등되었다는 소식이 언론을 통해 전해졌다.

사람들은 그럴 만하다며 고개를 끄덕였다.

그만큼 프로답지 못한 행동이었으며, 그런 코스타의 행동을 옹호하는 사람은 없었다.

심지어 AT 마드리드마저 첼시와 선수 간의 일에는 상관하지 않았기에 곤란해진 것은 코스타 쪽이었다.

「[BBC] 멘데스, 지금 코스타는 억압받는 상태」

상황이 불리해지자 코스타의 에이전트가 나섰다.

슈퍼 에이전트라 불리는 멘데스가 소송도 불사할 거라는 언론플레이를 했지만, 돌아오는 것은 차디찬 조롱뿐.

한편 이러한 강행 수단을 우려하는 사람도 있었다.

첼시라는 팀은 구단주인 로만의 파워가 굉장히 강한 팀이었다. 핵심 선수들은 그의 개인 연락처로 따로 연락을 할 정도였다.

그런 상황에 선수들과 친밀했던 코스타를 2군으로 내린 것은, 선수들의 불안을 로만이 해결할 수 있기 때문이었다.

물론 시즌에 앞서 로만은 전폭적인 지지를 약속했다.

하지만 그 전에도 본인이 한 말을 손바닥 뒤집듯 어긴 전례가 있었다.

경기를 앞두고 입장한 믹스트 존.

기자들은 곧 있을 경기보다 코스타에 대한 것을 물었다.

"이 사태가 법정 싸움으로 번지지는 않을까 하며 우려하는 팬들도 있습니다. 이에 대해 어떻게 생각하시나요?"

손깍지를 끼던 원지석이 대답했다.

"라커 룸을 잃은 감독은 그저 숨만 쉬는 시체일 뿐입니다."

첼시의 유소년 코치에서 2군 코치.

그리고 유소년 감독에서 감독이 되기까지.

사실상 지금까지의 축구 인생은 첼시가 전부였다고 봐도 좋았다.

자신을 데려온 무리뉴가 떠났어도 그는 첼시에 남았으며, 이후 로만의 심기에 따라 변하는 팀을 쭉 지켜보았다.

그런 만큼 원지석은 라커 룸을 통제하지 못한 감독들의 말로를 너무나 잘 알고 있었다.

라커 룸을 잃은 감독은 죽는다.

대부분의 감독이 1년을 채우지 못하고 잘렸으니까.

"감독은 팀을 이끄는 사람입니다. 누구나 감독에게 욕을 할 수는 있으나, 그 누구도 감독의 통제력을 의심할 수 없습니다."

다시는 이런 일이 없도록.

이번 일은 일벌백계를 보여준 징계였다.

"코스타는 첼시의 많은 선수들과 친분이 깊습니다. 이에 따른 결정에 불만을 가진 선수도 있을 텐데?"

2군 강등에 대해 이해를 하는 팬들도 그 부분을 우려했다.

코스타의 처우에 불만을 가진 선수들이 이후 트러블을 일으키지 않을까 걱정된 것이다.

하지만 원지석은 칼을 뽑은 이상 멈출 생각이 없었다.

"제 말이 장난이라 느끼는 선수가 있을지도 모르죠. 상관없습니다. 덤비고 싶으면 덤비라고 하십시오."

분노를 참은 답변에 기자들이 꿀꺽 침을 삼켰다.

지금껏 그들은 원지석에게 겁을 먹는 선수들을 보며 왜 그런 반응을 보이는지에 대해 이해하지 못했다.

하지만 지금은 알 것 같았다.

이 많은 사람들이 저 남자를 보며 숨을 죽이고 있지 않은가.

질문을 했던 기자가 괜히 어깨를 부르르 떨었다.

*　　　　*　　　　*

원지석의 인터뷰는 꽤나 큰 파장을 일으켰다.

새파랗게 어리고, 데뷔한 지도 얼마 되지 않은 감독의 말은 호기로웠다. 패기가 넘친다고 봐도 좋았다.

그 메시지는 코스타에게도 분명히 전해졌다.

브라질로 떠났던 탕아가 돌아온 것이다.

「[BBC] 코스타, 런던으로 돌아오다」

코스타가 허겁지겁 복귀한 데에는 로만에게서 하고 싶은 대로 하라는 OK 사인이 떨어진 게 컸다.

이미 말루다라는 선례가 있었던 만큼 가능성은 충분했다.

한때 첼시의 선수였던 그는 마지막 시즌을 유소년 팀에서 보내게 되었다. 감독인 디 마테오뿐만 아니라 보드진과도 심각한 마찰을 겪었기에 떨어진 징계였다.

물론 보드진과의 직접적인 마찰 때문에 가능한 일이지만, 고액 주급자를 유소년 팀에 처박아두는 건 그만한 각오가 필요하다.

거기다 원지석의 행동력은 누구보다 코스타 본인이 잘 알고 있었다.

그는 조심스럽지만 확신이 선다면 한 번 문 것을 놓지 않는다. 괜히 마스티프란 별명이 붙은 게 아니다.

그런 사람에게 로만이 날개를 달아준 것이다.

이런 상황이니 결국 코스타는 팀에 복귀하는 쪽을 선택했다. 만약 복귀를 하지 않는다면 법정 싸움은 필연적이고, 그렇게 된다면 그에겐 불리한 싸움이었다.

이렇게 사태는 일단락되었다.

다만 원지석이 선언한 대로 그는 1군이 아닌 2군과 함께 훈련을 했다. 이제 남은 건 코스타의 에이전트인 멘데스의 몫이었다.

멘데스는 필사적으로 AT 마드리드와 첼시 사이의 이적을 연결했다.

확실히 슈퍼 에이전트라는 별명은 헛되지 않았는지 진전이 없던 것은 아니다. 출혈이 심하겠지만 이적이 불가능해 보이진 않았다.

「[타임즈] 첼시를 지지한 퍼거슨」

한편 퍼거슨 전 감독이 원지석에게 잘하고 있다는 칭찬을 남겼다.

그 기사를 확인한 원지석이 지난번의 일을 떠올렸다. 무례한 녀석이라며 언론에게 물어뜯길 때, 퍼거슨의 옹호로 잠잠해진 일을.

'생각해 보니 한번 뵙는다는 게.'

계속해서 미루다 보니 유야무야 잊고 만 것이다.

두 번이나 도움을 받았으니 이번 휴일에야말로 찾아갈 계획이었다.

약속의 날.

결국 원지석은 혼자서 퍼거슨의 집을 찾았다.

처음에는 무리뉴와 함께 갈 생각이었다. 그는 퍼거슨과 친한 사이이기도 했으니 같이 간다면 자연스레 적응한다는 판단으로.

[안 돼. 바빠.]

다른 스케줄이 있는지 거절의 답변을 받았지만.

첫 대면, 첫 방문에 괜히 옷매무새를 확인한 그가 조심스레 계단을 올랐다.

그런 원지석의 손에는 사각형 곽이 들려 있었다.

큰맘 먹고 산 와인이었다. 그것도 꽤나 비싼 걸로.

초인종을 누르자 노랫소리가 들렸다.

이미 일주일 전부터 약속을 잡았기에 갑작스러운 방문은 아니었다. 퍼거슨 부부로부터 흔쾌히 승낙도 받아냈으니까.

─누구세요?

"아, 오늘 저녁에 찾아오기로 한 원지석이라고 합니다."

곧 문이 열리며 노년의 여성이 웃으면서 원지석을 반겼다.

이 사람이 퍼거슨의 아내인 캐시였다.

그 퍼거슨이 꼼짝도 하지 못하는 유일한 사람이기도 하다.

"어서 와요, 원!"

그녀가 밝은 미소와 함께 원지석을 안내했다.

노부부의 집은 무언가 아늑하단 느낌을 주었다.

안쪽으로 들어가니 신문 기사를 읽던 퍼거슨이 몸을 일으키고는 악수를 하기 위해 손을 내밀었다.

"화제의 인물을 만나니 반갑군."

"음, 전설에게 그런 말을 들으니 부끄럽네요."

알렉스 퍼거슨.

27년 동안 맨체스터 유나이티드에서 감독을 한 경이적인 인물. 그가 들어 올린 트로피만 38개에 이른다.

현역 감독일 때는 살아 있는 전설에서, 은퇴한 지금은 범접할 수 없는 신화가 된 남자.

"처음 뵙겠습니다. 원지석이라고 합니다. 그리고 이건."

그렇게 말한 그가 손에 들고 있던 와인을 꺼냈다. 비싼 값을 하는 만큼 유명한 건지, 퍼거슨의 눈이 이채를 띠었다.

"뭘 이런 걸 가져오나."

말은 그렇게 하면서도 입가에 걸린 미소가 퍽 마음에 든 모양이었다.

나름 힘이 들어간 저녁 식사가 끝나고 원지석이 가져온 와인이 개봉되었다.

"먼저 감사합니다. 시끄럽던 상황이었는데 그 인터뷰 덕에 숨을 돌릴 수 있었거든요."

이번 인터뷰를 말하는 게 아니다.

코스타 사건 때는 이미 많은 사람이 지지를 했기에 그리 논란이 되지 않았지만, 그전의 로베르토 마르티네스와의 일은 달랐다.

당시 너무 건방진 게 아니냐며 사람들에게 어마어마한 욕을 먹었던 만큼 상황을 진정시켜 준 퍼거슨의 인터뷰는 큰 도움이 되었다.

"뭘. 먼저 물어보지 않았다면 그런 말을 꺼내지 않았을 거야."

퍼거슨이 손사래를 쳤다.

이후 둘은 이런저런 대화를 나누었다.

주된 대화는 역시나 축구에 대한 이야기였다. 과거에 있었던 일화들이나, 현재 축구계, 앞으로의 전망 같은 것들을.

와인의 맛이 좋아서 그런지.

혹은 지금의 자리가 즐거워서 그런지.

퍼거슨은 웃으며 이야기를 나누었다.

"자네를 보면 젊은 날의 내가 떠올라."

그의 젊은 날은 맨유를 뜻하는 게 아니었다.

그보다 더 멀리.

스코틀랜드 리그의 팀인 에버딘을 뜻했다.

흔히 퍼거슨의 성공이 맨유에서 시작되었다고 생각하는 사람이 많지만, 그것은 틀린 이야기였다.

당시 퍼거슨이 부임했을 때의 스코틀랜드 리그는 레인저스와 셀틱이 나눠 먹던 시기였다. 그가 에버딘을 우승시켰을 때도 15년 만에 두 팀이 아닌 곳에서의 우승 팀이니까.

이후 알프레도 디 스테파노가 지휘하던 레알 마드리드를 꺾으며 UEFA 컵위너스컵에서도 우승을 차지한다.

그가 처음 지휘봉을 잡을 때만 하더라도 에버딘의 UEFA 랭킹은 106위. 그랬던 팀을 8년 후엔 6위까지 올리며 맨유로 떠난다.

그리고 퍼거슨이 떠난 에버딘은 오래 버티지 못하고 강등을 당했다.

"과찬이네요."

그런 시절인 만큼 원지석은 괜히 안경을 고쳐 썼다.

원지석은 감독대행 시절까지 합쳐도 이제 2년을 채운 햇병 아리였다. 에버딘에서 전설을 쌓은 그와는 비교할 수 없었다.

손주의 재롱을 보는 것처럼 웃음을 터뜨린 퍼거슨이 와인 잔을 기울였다.

"당시에는 마법사가 아니냐며 경찰에게 끌려가 조사를 받기 도 했지."

에버딘에서 너무 말도 안 되는 활약을 보여주니 당시 사람 들이 마법사라는 이유로 경찰에 신고를 한 것이다.

문제는 한 사람만 그런 게 아니라 많은 사람이 신고를 넣었 기에 정말 체포를 당하고 조사까지 받았다는 거였지만.

"그래. 최근 골칫덩이를 2군에 내렸다고. 계속 거기에 처박 을 생각인 건가?"

퍼거슨은 코스타를 언급했다.

와인을 입에 머금던 원지석이 어깨를 으쓱였다.

"아직은 모르겠어요. 그가 제대로 된 사과를 하고, 이후 훈 련에서 성실한 모습을 보여준다면 달라질 수 있겠죠."

그러지 않는다면.

아마 원지석이 있는 동안은 1군에 복귀할 수 없을 것이다.

"그런 점이 좋다는 거야."

퍼거슨이 마음에 든다는 듯 고개를 끄덕였다.

그는 눈앞의 돌아이가 마음에 쏙 들었다.

과격하지만 섬세하다. 거기다 변화를 두려워하지 않았다.

그 역시 맨유 시절에 수많은 슈퍼스타들을 팔아치웠다.

사람들은 빈약해진 스쿼드를 보며 이번에야말로 망했다는 말을 했지만, 항상 그는 우승을 다투는 저력을 보여주었다.

"이 말을 꼭 기억하게. 트로피보다 중요한 건 규율이야."

만약 그 슈퍼스타들을 팔지 않고 계속 남겨뒀다면 더 많은 트로피를 들 수 있었을 것이다. 하지만 지금의 퍼거슨은 없을 거라고 확신했다.

이런저런 이야기를 나누고 슬슬 돌아갈 때가 되었다.

문 앞에 있던 퍼거슨이 마지막 조언을 건넸다.

"너무 쉽게 도전하지도, 너무 쉽게 포기하지도 말게."

그 말에 원지석이 고개를 끄덕였다.

택시를 타고 사라지는 그 모습을 보며 퍼거슨이 문을 닫고 돌아왔다.

'로만이 아쉬워하겠군.'

참, 감독 복은 타고난 구단주였다.

피식 웃은 그가 뒷정리하는 아내에게 다가가 손을 거들었다.

은퇴한 지금은 더 이상 감독이 아니었다.

한 사람의 남편일 뿐이었지.

하지만 그게 싫지만은 않았다.

*   *   *

겨울 이적 시장의 마지막 날이 다가왔다.

아직까지 코스타는 팀을 떠나지 못하고 2군 일정을 소화하는 중이었다.

이런 상황에 다급해진 멘데스는 AT 마드리드에게 분발을 촉구했다.

이대로라면 진짜 계약기간 내내 썩혀둘 거 같다는 생각에 결국 멘데스는 많은 이득을 포기하며 이적을 추진시켰다.

「[텔레그래프] 코스타는 본인의 돈으로 이적료 일부를 충당한다」

결국 본인이 받을 돈을 포기한 뒤에야 이적이 성사되었다.

선수가 구단과 계약을 맺을 때에는 이적료와 주급 말고도, 다르게 들어갈 돈이 많았다.

골 수당이나 승리 수당 같은 것을 빼더라도, 에이전트의 수수료나 선수의 계약금 같은 것들 역시 몇십억에서 많게는 수

백억이 넘는 경우가 있었다.

코스타가 사비를 들여 이적을 한다는 건 결국 본인의 계약금을 포기한다는 소리였다. 더불어 에이전트 수수료도 대폭 깎아서.

이번 겨울에 결국 바르셀로나로 이적한 필리페 쿠티뉴도 이러한 방법으로 이적을 했었다. 그 계약금만 170억일 정도였다.

「[오피셜] AT 마드리드는 디에고 코스타의 영입을 알립니다」

마침내 오피셜이 떴다.

다만 이번 겨울이 아닌 여름에 이적을 한다는 조건이었다.

AT 마드리드의 감독인 시메오네가 워낙 코스타를 좋아하기도 하고, 계약금과 수수료를 포기한 만큼 부담스러운 금액은 아니다.

이적료는 600억.

첼시가 코스타를 샀을 때보다 오히려 더 비싼 금액에 되판 것이다. 그것도 반 시즌을 기다려야 함에도.

「[텔레그래프] 남은 반 시즌 동안 절대 권력을 쥔 윈저석」

참으로 절묘한 시기였다.

먼저 원지석은 이번 시즌을 끝으로 팀을 떠난다고 못 박았다.

계약기간이 반도 안 남은 데다, 뛰어난 성적을 거두는 감독을 상대로 터치할 보드진은 그리 많지 않다.

선수들 역시 지금 잘하고 있는 감독을 상대로 트러블을 일으키지 않았다.

코스타와 친분이 있다고 해도 그가 브라질에서 보여준 행동, 그리고 그에 따른 처벌을 본다면 함부로 나서지 못할 정도였으니까.

이러한 상황에 원지석은 자신이 하고 싶은 축구를 마음껏 할 수 있었다.

최근 첼시는 전술에 변화를 주었다.

코스타가 빠지며 제대로 된 공격수는 두 명뿐인 상황이었다. 그러다 보니 기존의 투톱을 고집할 수가 없었다.

방법은 두 가지.

하나는 아자르나 말콤을 최전방으로 올리는 거였다.

실험해 본 결과 나쁘지 않은 경기력이었다. 특히 최전방에 올라선 말콤이 생각보다 좋은 퍼포먼스를 뿜냈다. 파트너도 제임스와 모라타를 가리지 않으니 최전방에서도 적지 않게 얼굴을 비쳤다.

다른 하나는 투톱이 아닌 쓰리톱이었다.

이 전술은 원지석이 로테이션을 돌리며 많이 써먹었기에 조직력 측면에선 더욱 좋은 모습을 보여주었다.

특히 미드필더진의 구성이 눈에 띄었다.

공격수가 빠지는 대신 미드필더가 추가됨으로써, 그동안 제한된 기회를 받았던 마티치가 기회를 얻게 된 것이다.

마찬가지로 세 명으로 구성된 중원이어야 괜찮은 퍼포먼스를 보이는 세스크 파브레가스도 덩달아 출전 시간을 늘려갔다.

433의 포메이션에서는 제임스가 주로 최전방의 스트라이커를 맡았다.

제임스는 공격수지만 플레이메이커도 가능한 선수였다. 게으름에서 나오는 기발한 센스는 감탄성이 나오는 플레이로 이어졌다.

이런 제임스가 페널티에어리어에서 수비수들을 흔들면 스피드가 뛰어난 양쪽의 측면공격수들이 중앙을 향해 파고든다.

"개들을 풀어라!"

그렇게 소리친 제임스가 긴 패스를 찌르며 측면을 허문 말콤에게 공을 연결했다.

양 윙어가 개처럼 뛰어다니면, 그것을 컨트롤하는 목줄은 제임스가 쥐었다.

"이 정도면 됐겠는데."

케빈의 말에 원지석이 고개를 끄덕였다.

그들은 곧 있을 챔피언스리그 16강을 이야기하고 있었다.

상대는 AS 로마.

런던의 사냥개들과 늑대 군단의 대결이었다.

*   *   *

AS 로마의 엠블럼에는 늑대가 그려져 있다.

로마의 건국 신화를 상징한 표현으로, 덕분에 AS 로마의 별명 중 하나인 늑대 군단이란 소릴 얻기도 했다.

현재 감독인 에우제비오 디프란체스코는 공격적인 433을 즐겨 쓰는 감독이었다.

더군다나 이번 시즌 로마의 쓰리톱은 좋은 퍼포먼스를 보이며 팀의 상승세를 이끌었다.

어정쩡한 공격수 에딘 제코는 리그를 폭격하는 스트라이커가 되었고, 양 윙어의 활약 역시 뛰어났다.

「[라 레푸블리카] 많은 골이 예상되는 16강전」

첼시 역시 이번 시즌 무서운 공격력을 뽐냈기에 양 팀 모두 치고받는 싸움이 예상되었다.

「[안사 칼치오] FIFA 올해의 감독에게 찬사를 보내는 디프란체스코」

디프란체스코는 인터뷰를 통해 경외를 보였다.

1월에 했던 FIFA 풋볼 어워드 시상식에서 원지석은 2017 올해의 감독상이라는 영예를 안았다.

이제 서른이 된 애송이가 지난 시즌 최고의 감독에게 수여하는 상을 받은 것이다.

충격적인 감독 데뷔라고 할 수 있었다.

누군가는 원지석에게 현실에서 감독 시뮬레이션 게임을 하는 중이라며 경악 섞인 찬사를 보낼 정도였다.

「[BBC] 젊은 감독들의 무력시위」

「[키커] 새로운 시대를 알리는 감독들」

언론들은 그와 함께 다른 한 명의 사람을 미래의 명감독으로 꼽았다.

율리안 나겔스만.

현재 독일 분데스리가의 팀인 호펜하임의 감독이었다.

여러모로 원지석과 비슷한 스토리가 있기에 사람들은 둘을 보며 놀람을 감추지 못했다.

둘은 똑같은 87년생이었고.

지휘봉을 잡았을 때도 15/16 시즌이며.

데뷔 할 당시 팀이 강등권 싸움을 하고 있다는 것도 같았다.

당시 사람들의 관심은 원지석에게 쏟아진 상태였다. 혼란스러운 첼시를 수습하고 팀을 챔피언스리그 결승까지 이끌었으니 당연했다.

반면 호펜하임은 힘든 잔류 싸움을 하고 있었기에 상대적으로 관심을 덜 받았다고 말할 수 있었다.

그런 나겔스만이 본격적으로 두각을 드러낸 것은 그다음 시즌. 어린 선수단을 잘 이끌며 리그 4위를 기록, 챔피언스리그 진출이라는 파란을 일으키면서였다.

비록 챔피언스리그 플레이오프에서 떨어져 맞붙을 상황이 없어졌다지만 앞으로 많은 날이 있지 않은가.

사람들은 이 동갑내기 감독들이 언젠가 그라운드에서 맞붙을 날을 기대했다.

하지만 그 전에 눈앞의 경기가 먼저였다.

"미래에 대해 떠들 생각은 없습니다. 시즌 계획은 중요하지만 노후 계획을 세우기엔 아직 너무 젊군요."

원지석의 말에 기자들이 웃음을 터뜨렸다.

그는 나겔스만과의 비교가 아닌 AS 로마와의 경기를 말하기 위해 나온 것이다.

"사람들은 이번 경기에서 많은 골이 나올 거라는 예측을 하고 있습니다. 경기를 어떻게 풀어가실 생각인가요?"

"선수들의 몸 상태와 경기력을 보고 스쿼드를 짰습니다. 몸
상태가 곤란한 선수들은 나오지 않을 거예요."

"최근 부상에서 복귀한 캉테가 경기에 나올 수 있을까요?"

한 기자가 캉테에 대해 물었다.

그 말대로 캉테는 햄스트링 부상을 입으며 2주가량을 나오
지 못했다.

최근에야 복귀를 하며 훈련을 소화했다지만, 그동안 핵심
미드필더의 부재는 뼈아팠다. 킴 혼자서 고군분투를 한다고
해도 한계가 있기 때문이다.

그랬기에 이번 경기에서 킴에게 휴식을 주며 캉테가 복귀할
거라는 의견이 많았다.

턱을 한 번 긁적인 원지석이 대답했다.

"아니요. 분명히 말하는데 캉테는 벤치에서 경기를 시작할
겁니다."

이미 코치진과 끝난 이야기였다.

햄스트링은 한번 다치면 재발 위험성이 컸다. 그런 만큼 신
중해야 했고, 풀타임보다는 교체 쪽으로 가닥이 잡혔다.

이후 발표된 첼시의 선발 라인업에서 그 말이 거짓이 아니
라는 걸 확인할 수 있었다.

—오늘 첼시의 중원에 눈에 띄는 변화가 있군요.

—네. 풀백인 시디베를 중원에 배치했습니다.

측면수비수인 시디베가 중원에 배치된 것이다.

왼쪽 풀백에서 뛸 경우 중원 싸움에 자주 가담하는 역할을 했지만, 아예 미드필더로 출전한 것은 이번이 처음이었다.

최근의 축구 트렌드는 다양화였다.

멀티성을 요구받는 것은 공격수들만이 아니다. 미드필더도, 수비수도 역시 마찬가지였다.

이런 트렌드를 대표하는 수비수를 꼽자면 바이에른 뮌헨의 전설인 필립 람을 꼽을 수 있었다.

본래 풀백으로만 뛰던 선수인 람은 과르디올라에 의해 수비형미드필더라는 포지션 변화를 시도했다. 그리고 놀라운 성과를 거두며 다른 팀들에게도 영향을 끼쳤다.

물론 예전에도 풀백과 미드필더를 뛴 선수가 없었던 건 아니다.

다만 원지석이 이러한 변화를 준 데에는 필립 람의 영향을 받은 게 컸다.

오늘 첼시의 중원은 세 명으로 구성되었다.

앤디, 파샬리치, 그리고 시디베.

시디베가 포백을 보호하고 공을 따낸다면 앤디가 중원에서 경기를 조율한다. 그리고 파샬리치는 활발한 움직임으로 활력을 불어넣었다.

이런 중원에 맞서 AS 로마 역시 세 명의 미드필더로 중원을 구성했다.

첼시와 다른 점이라면 세 미드필더들의 플레이 스타일을 꼽을 수 있을 것이다.

케빈 스트로트만과 라자 나잉골란, 그리고 그 뒤를 보조하는 다니엘레 데 로시마저 공수 양면으로 뛰어난 모습을 보이는 미드필더였다.

로마의 공격적인 433 전술에는 이러한 중원이 밸런스를 가져다주었다.

ㅡ아, 아직 경기 초반임에도 양 팀의 중원 싸움이 치열합니다!

중계진이 두 팀의 중원 싸움을 보며 감탄사를 뱉었다.

로마는 강한 압박을 통해 앤디와 파샬리치를 묶으려 했다. 첼시는 가벼운 원 투 패스로 압박을 벗어나며 경기를 운영했다.

첼시의 스쿼드는 지난 시즌과 비교하여 적지 않은 변화가 있었다.

우선 라이언이 왼쪽 풀백으로 자리를 잡았다는 거였다.

좀 더 원숙해진 수비 스킬과 가끔 나오는 초장거리 패스는 첼시에게 훌륭한 옵션이 되었다.

센터백으로는 마르티네스와 크리스텐센이 섰다. 이번 시즌 임대에서 복귀하며 스쿼드에 포함된 크리스텐센은 좋은 퍼포먼스를 보이며 주마와 경쟁을 벌였다.

측면공격수로는 아자르와 말콤이, 그리고 최전방에는 제임스가.

전문가 중에는 이 433을 지난 시즌의 442보다 높게 평가하는 칼럼 역시 적지 않았다.

"저 새끼 막아!"

마르티네스가 버럭 소리를 지르며 시디베에게 방향을 지시했다. 로마의 측면공격수들이 첼시의 뒤 공간을 허문 것이다.

이번 시즌 스트라이커 제코가 리그를 폭격 중이라지만 측면공격수들인 페로티와 엘 샤라위 역시 빼놓을 수 없는 선수들이었다.

엘 샤라위 쪽은 라이언이 달라붙으며 봉쇄했다.

하지만 페로티 쪽은?

시디베가 각도를 좁히며 뒤늦게 압박을 시도했지만 늦었다.

몸을 한 번 접은 그가 얼리 크로스로 제코에게 공을 보낸 것이다.

―아아아! 고오오올! 제코가 골을 넣습니다! 첼시를 상대로 선취 골을 뽑아내는 AS 로마!

"너네 뭐 하냐!"

원지석이 잡고 있던 물병을 찌그러뜨리며 소리를 질렀다.

경기 전 제코에게 헤딩할 공간을 내주면 안 된다고 누누이 말했기에 더욱 화가 나는 실점이었다.

하나 다행인 게 있다면 이곳이 AS 로마의 홈이었기에 원정골을 먹힌 게 아니라는 점.

반대로 골을 넣으면 원정골을 적립할 수 있었다.

골을 만회하기 위해 첼시 선수들이 공격을 퍼부었다. 이런 흐름을 끊어내려는 것인지 AS 로마에서 저지르는 파울이 점점 과격해지기 시작했다.

특히 나잉골란은 유럽에서도 이름난 거친 태클러였다.

수비 능력이 수준급임에도 개태클이라 불리는 태클이 자주 나왔고, 최근에는 바르셀로나의 하피냐에게 살인 태클을 하며 악명이 치솟았다.

그런 나잉골란이 앤디를 노렸다.

"아악!"

뒤꿈치를 스터드로 찍힌 앤디가 비명을 지르며 쓰러졌다.

경기는 그 순간 개판이 되었다. 첼시 선수들은 당장 주심에게 달려가 항의를 했고, 몇몇 선수들은 로마 선수들과 충돌이 일어나기도 했다.

"저 좆같은 태클이 옐로카드라고? 시발, 지금 발목이 돌아갈 뻔했다고!"

터치라인에 있던 원지석이 격앙된 상태로 부심에게 소리쳤다.

오늘 주심은 전체적인 파울에 관대한 편이었다.

하지만 방금은 뒤에서 들어온 백태클임에도 레드카드가 나오지 않자 화가 폭발한 것이다.

무덤덤한 얼굴로 돌아가던 나잉골란이 그 소리를 듣고 얼굴을 구기며 다가왔다.

"뭐."

"뭐? 뭐긴 뭐야, 이 개새끼가. 어디서 개태클을 날리고 그 뻔뻔한 낯짝을 들이대. 십자인대 뽑아버리기 전에 안 꺼져?"

"그렇게 소리 지르면 내가 쫄 거 같냐? 여긴 잉글랜드가 아니고 이탈리아야, 병신아."

나잉골란이 원지석을 조롱했다.

첼시 감독의 흉명은 이미 유럽 축구계에 모르는 사람이 없을 것이다. 하지만 이곳은 로마의 홈이었다. 겁먹을 이유가 전혀 없었다.

"하아."

원지석이 넥타이 끈을 풀며 한숨을 쉬었다.

혹시 모르니 손목의 시계도 풀었다.

상황이 심각해지자 스태프들이 뛰어나오며 그 사이를 끼어들었다.

첼시 선수들과 설전을 벌이던 로마 선수들도 나잉골란을 끌고 가며 상황을 중재하려 했다.

"여기서 감독인 네가 퇴장당하면 우리 모두 다 좆 되는 거야. 경기 말아먹고 싶어?"

의외인 점은 케빈이 원지석을 꽉 잡으며 분위기를 가라앉히려 애썼다는 거였다.

케빈의 행동은 철저한 이익과 계산이 들어간다.

집에서도 부엌과 냉장고같이 위생이 중요한 곳은 깔끔하게 정리하는 이유도 그런 점에서 기인했다.

만약 원지석이 폭발하지 않았다면 본인이 퇴장을 당할 걸 감수하고 일을 저질렀겠지만, 지금은 그럴 필요가 없었다.

사실 시계를 푸는 모습을 보고선 서둘러 달려온 거지만. 죽빵 때문에 남은 시즌을 날려먹는 상황은 피해야 하지 않겠는가.

─첼시 감독과 나잉골란이 언쟁을 벌이자 모든 사람들이 나왔습니다!

─두 사람 모두 얌전한 성격은 아니니 서둘러 막은 것 같네요.

상황은 주심이 나서서야 마무리되었다.

터치라인 밖에서 팀닥터들에게 치료를 받던 앤디는 다행히 부상을 입지는 않았는지 다시 경기장에 돌아올 수 있었다.

원지석은 이를 갈며 경기를 주시했다.

화가 난 것은 감독만이 아니다.

첼시 선수들 역시 분노하며 이를 악물고 있었다.

앤디는 팀 내 모든 선수들에게 사랑을 듬뿍 받는 소년이었다. 그런 꼬마가 악질적인 태클에 비명을 지르며 쓰러졌다.

AS 로마로선 의도치 않게 화약고의 도화선에 불을 붙인 것이다.

후반이 시작하고 10분.

첼시가 만회 골을 넣은 건 시작에 불과했다.

골을 넣은 말콤이 공을 들고 서둘러 하프라인을 향해 뛰었다.

그리고 5분 뒤에 터진 역전골.

골을 성공시킨 사람은 제임스였다.

항상 시큰둥한 얼굴로 어깨를 으쓱이는 셀레브레이션을 하던 제임스지만, 이번에는 험상궂은 얼굴로 허공에 태클을 날리며 나잉골란을 조롱했다.

그리고 코너킥 상황에서 라이언이 추가골을, 프리킥 상황에서 앤디가 쐐기 골을 넣으며 경기는 끝났다.

─후반전부터 분위기 반전에 성공한 첼시가 압도적인 경기력으로 로마를 무찌릅니다!

"잘했다."

원지석은 경기장 안에 들어가며 선수들을 한 번씩 안아주고 등을 두드렸다.

오늘 고생한 앤디에게는 머리를 헝클어준 뒤 어깨동무를 하며 원정 팬들에게 다가가 손을 흔들었다.

그때였다.

나잉골란이 머쓱한 얼굴로 둘에게 다가온 것이다.

'이 새끼가 진짜 해보자는 건가?'

점점 다가오는 그를 보며 원지석의 얼굴이 구겨질 때였다. 나잉골란이 자신의 유니폼을 벗어 앤디에게 내밀며 말했다.

"아까는 미안했어."

원지석이 꺼지라는 말을 하기 전이었다.

앤디가 웃으며 자신의 유니폼을 벗었다.

"다음부터는 살살해 주세요."

유니폼을 바꾸는 앤디를 보며 원지석이 고개를 저었다.

순진한 건지, 대인배인 건지.

적어도 범상치 않은 그릇이라는 건 알겠다.

　　　　*　　　　　*　　　　　*

　첼시는 2차전에서 로마를 홈으로 불러들이며 무승부를 기록하고 8강에 진출했다.

　다음 상대는 샤흐타르.

　우크라이나 리그를 지배하다시피 하는 팀이었다.

　준비를 하던 원지석은 경기 전날에 온 전화를 보며 고개를 갸웃거렸다.

　제임스에게서 온 전화였다.

　'이 녀석이 먼저 전화를?'

　의아해하면서도 전화를 받으니 굉장히 다급한 제임스의 목소리가 들렸다.

　─엠마가 아파.

　엠마는 제임스와 제시의 사이에서 태어난 딸이었다. 제시와 함께 병원에서 나온 지는 오래되지 않았다.

　그런 아이가 아프다.

　아버지가 된 제임스의 목소리는 절박했다.

18 ROUND
첫 번째 매듭

드디어 챔피언스리그 8강이 다가왔다.

처음은 첼시의 홈인 스탬포드 브릿지였다.

라인업이 발표되며 사람들은 놀란 기색을 감추지 못했다.

이제는 팀의 핵심 멤버로 자리 잡은 제임스의 이름이 보이지

않았기 때문이다.

심지어 벤치 명단에서도 그 이름을 볼 수 없었다.

―뭐야? 제임스 어디 갔어?

―부상이야??

—설마 감독한테 개기다 코스타처럼 2군에 내려간 건 아니겠지??

첼시 팬들의 SNS는 제임스의 이름으로 도배되며 그를 찾았다.

처음 데뷔 때만 하더라도 팬들의 비판을 받았던 제임스는 이제 많은 사랑을 받는 선수가 되었다.

그 멘탈이 문제로 지적되지만 뛰어난 활약은 그런 비판을 잠재웠다. 이러니저러니 해도 그는 공격진의 핵심이었다.

거기다 결정적인 일이 있었다.

지난 이적 시장에서 PSG의 제의를 단칼에 거절했다는 게 알려지며 팬들의 지지를 대폭 끌어올린 것이다.

더군다나 득녀를 한 이후로는 오만한 모습을 자제하는 게 보였기에 추가 점수를 얻기도 했다.

이런 선수가 아무런 예고도 없이 제외되었으니 사람들은 혼란에 빠졌다.

믹스트 존의 기자들도 제일 먼저 제임스에 대해 물었다. 부상이냐, 불화냐, 혹은 무단이탈이냐.

"부상은 아닙니다. 불화도 아니죠. 다만 개인적인 사정 때문에 휴가를 주었습니다."

제임스는 딸아이인 엠마를 안고 급하게 응급실을 찾았다.

검사 결과 그리 심각한 상태가 아니라는 말에 위안을 삼아야 할까. 가벼운 감기라는 말에 한시름을 덜게 되었다.

그래도 아직 돌도 지나지 않은 아이가 아프다는 말에 제임스는 안절부절하지 못하는 상황이었다.

원지석은 그런 제임스에게 휴가를 주었다.

챔피언스리그 8강?

무엇보다 중요한 것은 가족이었다.

지금 아이와 제시에겐 제임스가 필요했다. 더 이상의 이유는 필요하지 않았다.

큰 경기를 앞두고 주어진 휴가에 반대를 하던 코치들도 그 이유를 듣고선 고개를 끄덕였다.

이제 그들이 할 일은 핵심 선수가 빠진 공백을 최대한 보이지 않도록 대비해야 한다는 점이었다.

원지석은 모라타를 원톱으로 세우며 라인을 짰다.

모라타는 제임스보다 더 헌신적인 선수였다.

멘탈도 뛰어났고, 연계와 압박도 괜찮았다. 무엇보다 헤딩에서 강점을 나타냈다.

다만 단점으로 지적되는 것은 의외로 쉬운 찬스를 놓치는 모습이 자주 보인다는 거였다.

경기는 아자르와 앤디가 한 골씩을 넣으며 첼시가 승리를 거두었다. 스코어만 보면 무난하게 이긴 것 같지만, 공격에서 삐걱거리는 모습을 자주 볼 수 있었다.

'생각보다 빈자리가 큰데.'

모라타의 원톱이 나쁘다는 게 아니다.

그는 오늘 자신에게 주어진 역할을 충분히 수행했다.

다만 제임스의 플레이 스타일은 굉장히 유니크한 느낌을 주었다. 확실히 그 게으름과 천재성은 아무나 따라 하지 못할 플레이였다.

그런 녀석에게 맞춰진 전술인 만큼 더 큰 공백이 느껴진 것이다.

「[BBC] 첼시, 샤흐타르를 상대로 2 : 0으로 승리」

「[BBC] 제임스는 큰 문제가 아닌 것으로 보인다」

기자들이 냄새를 맡았는지 어느 정도 눈치를 챈 것 같은 제목을 뽑았다.

안 그래도 좋지 않은 상황에 사람들의 관심이 쏟아진다면 제시가 많은 부담을 느낄지도 몰랐다.

자세히 이야기하는 것은 엠마의 건강이 회복된 이후에 해도 늦지 않을 터였다.

경기가 끝나고 원지석은 병원을 찾았다.

그의 뒤에는 주장인 케이힐과 부주장인 아스필리쿠에타가

함께했다.

병실에 가니 제임스와 제시의 모습이 보였다. 둘은 한숨도 자지 않은 것인지 꽤나 피로한 모습으로 아이를 지켜보고 있었다.

"아."

"괜찮아요. 앉아 계세요."

일어나려는 제시를 원지석이 다시 자리에 앉혔다.

곤히 잠을 자는 엠마의 모습이 보였다.

혹여 아이가 일어날까 제임스의 어깨를 두드린 그가 밖을 가리켰다.

"좀 어때?"

"많이 좋아졌어요. 내일까지 상태가 나빠지지 않으면 퇴원하기로 했고."

"성급하게 복귀할 필요는 없어. 안정을 찾으면 그때 와."

원지석을 물끄러미 보던 제임스가 진지한 목소리로 입을 열었다.

"고마워요, 정말로."

순간 환청인가 싶었지만 다른 두 녀석이 놀란 걸 봐서는 제대로 들은 모양이었다. 이 녀석에게서 그런 말을 들을 줄은 몰랐는지 원지석이 괜히 안경을 고쳐 썼다.

아마 이번 일을 계기로 제임스에게서 무언가 변화가 있는 듯했다.

"우리 가본다."

오래 있기에 좋은 자리는 아니다.

가벼운 이야기를 끝내고 세 명은 다시 떠났다.

엘리베이터의 문이 닫히고, 층수가 바뀌는 걸 확인한 제임스가 발걸음을 돌렸다.

"아오."

본인이 한 말을 기억한 그가 그제야 낯부끄럽다는 듯 벽에 머리를 박았다.

하지만 꼭 해야 될 말이었다.

제임스에게 엠마라는 아이는 신비로움 그 자체였다.

내 아이.

그 말이 주는 울림은 평생 느껴보지 못했던 감정이었다. 꼬물거리는 손이 그의 손가락을 무심코 잡았을 때, 그때의 느낌을 결코 잊지 못한다.

그랬던 엠마가 기침을 하며 열이 날 때는 세상이 무너지는 것만 같았다.

가벼운 감기라고 해도 발걸음이 떨어지지 않았다.

더군다나 중요한 경기가 있었기에 더욱 빠지기 힘든 상황이었다.

'제시와 함께 있어.'

그때 휴가를 주며 원지석이 한 말에 제임스는 눈을 크게 떴다. 계기가 있다면 이때일 것이다.

훗날에는 어떻게 될지 모르겠지만.

적어도 지금만큼은 원지석이라는 감독의 말에 무엇이든지 따를 선수가 될 준비가 되었다.

*　　　　*　　　　*

며칠 뒤.

샤흐타르와의 2차전을 앞두고 제임스는 복귀했다.

밝아진 얼굴을 대변하듯 몸도 상당히 가벼워 보였다. 훈련에서 보여준 폼도 어느 때보다 좋았다.

"좋은데?"

케빈이 만족스럽다는 듯 입을 열었다.

녀석의 분위기가 달라졌다.

조금 진중해졌다고 해야 하나, 한 단어로 콕 집어내긴 어렵지만 분명히 느껴지는 차이였다.

훈련을 끝낸 제임스가 슬쩍 스마트폰 버튼을 눌렀다. 바탕화면으로 지정된 제시와 엠마의 사진이 나타났다.

"저저, 팔불출 놈."

그 모습에 유부남 선수들이 혀를 찼다.

그들도 저런 적이 있으니 그 마음을 충분히 이해했다.

마누라한테 긁히고, 아빠 같은 거 정말 싫어 소리를 듣기 전까지는 하루하루가 행복할 때니까.

이런 사랑의 힘 덕분인지 제임스는 샤흐타르와의 2차전에서도 펄펄 나는 모습을 보여주었다.

「[스카이스포츠] 제임스의 해트트릭 작렬!」
「[스카이스포츠] 팀을 4강으로 이끈 제임스!」

무려 세 골을 넣으며 샤흐타르를 침몰시키는 퍼포먼스를 보여준 것이다.

경기의 MOM으로 선정된 제임스는 인터뷰를 통해 왜 1차전에 빠졌는지를 설명했다.

"아이가 아팠어요. 저는 혼란스러웠고, 그런 저에게 감독님은 휴식을 주었죠."

모든 게 잘 풀려서 다행이라는 말과 함께 제임스는 인터뷰를 마무리 지었다.

이러한 내용이 알려졌으니 원지석의 기자회견에서도 관련된 질문이 나왔다.

"결과적으로 잘 풀리긴 했습니다만, 핵심 선수의 부재는 위험한 도박이 아니었나요?"

"도박이라 하셨습니까? 아니요, 녀석은 아버지로서 할 일을 한 거죠. 아무리 트로피가 중요하다고 해도 가장 중요한 것은 가족과의 행복입니다."

선수와 감독의 궁극적인 목표는 트로피였다.

하지만 트로피가 인생의 본질적인 것이 되어주지는 않는다.

원지석은 아버지를 떠올렸다.

사랑하는 사람이 아프다는 건 굉장히 힘든 일이다.

만약 제임스가 빠진 경기를 졌다고 해도 그 선택을 후회하지 않을 수 있었다.

이렇듯 결과가 나쁘지 않은 데다 그럴 사정이 있었기에 이번 일은 미담으로 끝맺음을 지었다.

「[오피셜] 첼시, 바이에른 뮌헨과 격돌」

한편 4강 추첨이 발표되었다.

상대는 바이에른 뮌헨.

원지석과는 여러모로 인연이 있는 팀이었다.

그가 감독대행 시절 이끌던 첼시는 1차전에서 처참한 패배를 당했다. 그리고 2차전에서는 접전 끝에 기적적인 대역전을 거두었다.

지금도 그 경기는 스탬포드 브릿지의 기적이라 불리며 많은 사람들에게 회자된다.

비록 결승에서 만난 레알 마드리드에게 패하며 우승에는 실패했지만, 원지석이 정식 감독으로 오르는 데 지대한 영향을 끼쳤다.

바이에른 역시 치욕적인 패배를 되갚기 위해 칼을 갈고 있던 상황이었다.

그러던 상황에 다시 4강에서 맞붙게 된 것이다.

최근 바이에른 뮌헨의 기세는 놀라웠다.

시즌 초반에만 하더라도 삐걱거렸던 팀은 최근 재정비에 성공하며 분위기를 반전시켰다.

여기에는 은퇴했던 유프 하인케스가 다시 돌아온 점이 컸다.

하인케스는 이미 바이에른 뮌헨에서 은퇴를 고했던 감독이었다.

당시 트레블이란 업적을 달성하며 박수 칠 때 떠난 그는 흔들리는 팀을 위해 복귀를 선언했다. 그리고 그 효과는 놀라웠다.

챔피언스리그 조별 예선에서는 그 네이마르의 PSG를 압도하고, 리그에서도 1위를 탈환하며 연륜이 어디 가지 않았다는 걸 보여주었다.

무서운 신인과 노련한 명장의 만남.

사람들은 이러한 4강을 흥미롭게 지켜보았다.

"대단한데."

바이에른 뮌헨의 경기를 분석하던 케빈이 감탄사를 토했다.

전반기의 뮌헨과 지금의 뮌헨은 전혀 다른 팀이라고 할 수 있을 정도였다. 같은 선수단인데도 이런 차이가 나는 이유는 부진했던 선수들이 폼을 끌어올린 게 컸다.

특히 레알 마드리드에서 임대를 왔던 하메스의 반등은 놀라울 정도였다.

먹튀 소리를 들으며 임대 복귀가 유력했던 그는 하인케스 체제에선 핵심으로 자리 잡으며 뮌헨의 상승세를 이끌었다.

전임 감독인 안첼로티 시절에는 심각한 부진을 겪었던 토마스 뮐러도 지금은 좋은 활약을 보여준다.

거기다 리베리와 로벤의 노쇠화가 눈에 띄는 지금, 유망주인 코망의 포텐도 터뜨리는 마법을 보였다.

"노련한 늙은이."

케빈이 낄낄 웃으며 전술 보드에 이리저리 선을 그었다.

옆에서 그 모습을 지켜보던 코치진들이 슬금슬금 떨어지자 원지석이 한숨을 쉬었다. 광인이라. 어울리는 별명이었다.

「[키커] 하인케스의 다음은 원지석?」

한편 원지석과 뮌헨의 인연은 그것만이 아니었다.

하인케스는 은퇴를 했다가 긴급하게 투입된 소방수인 만큼, 장기적으로 원지석에게 지휘봉을 맡기는 게 어떠냐는 소문이 전해졌다.

실제로 에이전트인 한채희가 관심이 있다는 것을 긍정했기에 틀린 말도 아니었다.

「[BBC] 원지석, 팀을 떠나기 전까지는 첼시 감독이다」

원지석은 경기를 앞둔 기자회견에서 자신의 미래는 시즌이 끝난 다음 생각하겠다는 뜻을 밝혔다.

그렇게 양 팀의 라인업이 발표되었다.

바이에른 뮌헨은 433의 포메이션을 가져왔다.

포백은 알라바, 슐레, 보아텡, 하피냐가 섰으며.

중원은 하메스가 플레이메이커를, 비달이 박스 투 박스 미드필더로 엔진이 되었고, 그 뒤를 하비 마르티네스가 받치는 형식이었다.

공격진은 리베리, 레반도프스키, 코망이 섰다.

눈에 띄는 점이 있다면 골키퍼 노이어가 긴 부상 끝에 돌아왔다는 거였다.

오랜 기간 쉬었던 만큼 세계 최고의 퍼포먼스를 보여주던 시절에는 미치지 못하더라도, 빠르게 폼을 회복시키는 중이었다.

그에 맞서는 첼시는 부상에서 복귀한 캉테가 선발 라인업에 이름을 올렸다. 거기까진 모두가 예상했다. 다만 다른 게 있다면.

―아, 이게?
―오늘 첼시는 변칙적인 전술을 꺼냈군요.

중계진이 첼시의 선발 라인업을 보며 놀람을 감추지 못했다.

오늘 첼시의 중원은 캉테와 앤디, 그리고 라이언이 자리를 잡은 것이다.

하프윙.

혹은 메짤라라 불리는 역할.

현대 축구의 새로운 엔진이라 불리는 롤이었다.

*　　　　*　　　　*

메짤라는 세 명으로 구성된 중앙미드필더 중, 측면의 선수들을 뜻하는 이탈리아 용어였다.

2000년대 중반 당시 유럽을 호령했던 AC 밀란의 레전드 셰드로프 역시 이 롤을 수행하며 명성을 떨쳤다.

그러나 현재의 메짤라는 과거의 그것과는 조금 달랐다.

점점 많은 역할을 떠맡은 풀백의 과부하를 줄이기 위해 고안된 방법 중 하나로, 보다 측면에서 움직이며 메짤라가 아닌 하프윙이란 명칭으로도 불리기도 했다.

레알 마드리드 시절의 디 마리아나, 유벤투스 시절의 폴 포그바가 이러한 롤에서 잠재력을 폭발시키며 새롭게 떠오른 트렌드 중 하나였다.

다만 이러한 공격적인 변화는 자칫할 경우 중원의 붕괴를 초래한다.

그렇기에 공수 양면으로 뛰어난 선수가 그 롤을 맡아야만 했다. 윙어나, 측면 수비를 소화 가능한 선수들이.

그런 면에서 보자면 라이언은 확실히 안성맞춤인 선수였다.

최근에는 풀백에 자리를 잡으며 수비 실력을 늘렸고, 인간 전차를 떠올리게 하는 드리블은 파괴적이다.

거기다 왼쪽 오른쪽을 가리지 않고 뛸 수 있기에 포지션만 놓고 보면 나쁘지 않은 선택이었다.

문제는 전술 이해도였다.

측면형의 메짤라도 높은 전술 이해도를 요구하는 만큼, 라이언은 그런 쪽과는 거리가 멀었기 때문이다.

그렇기에 케빈은 라이언을 메짤라로 놓는 이 전술을 이렇게 설명했다.

파블로프의 개.

종소리는 아자르였다.

아자르가 중앙을 향해 슬슬 들어가는 모습에 라이언이 그 빈자리를 조금씩 채웠다.

이미 일주일이 넘는 시간 동안 이것만을 연습했다. 아자르가 속력을 올린 것과 동시에 앤디가 측면을 향해 긴 스루패스를 찔렀다.

공을 받은 라이언이 터치라인을 따라 빠르게 달렸다.

그런 그를 막아선 건 하피냐와 하비 마르티네스였다.

오른쪽 풀백인 하피냐는 공격적으로 뛰어난 모습을 보이지만 수비적인 섬세함과 피지컬이 떨어지는 풀백이었다.

주전 풀백인 키미히의 부상으로 대신 나온 상황이지만, 그 역시 바이에른에서 잔뼈가 굵은 선수.

하인케스는 그런 하피냐를 보조하기 위해 하비 마르티네스를 붙여주었다.

그는 센터백도 소화할 수 있을 정도로 수비력과 피지컬에서 강점을 보이는 선수였다.

라이언은 길게 공을 보낸 뒤 따라 달렸다.

가장 단순하지만 가장 효과적인 개인기.

치고 달리기로 하피냐와 마르티네스를 돌파한 것이다.

그런 그를 반겨준 것은 제임스였다.

아자르가 들어오며 측면으로 빠진 그가 라이언을 향해 소리를 질렀다.

"덩치!"

그 말과 동시에 라이언이 낮게 깔린 패스를 보냈다.

낮게 깔렸다지만 엄청난 힘과 속도였기에 그대로 라인을 넘어갈 것만 같았다.

그 공을 환상적인 터치로 받아낸 제임스가 몸을 돌리는 턴 동작으로 뒤따라온 하피냐를 따돌렸다.

─엄청난 터치와 함께 안으로 돌진하는 제임스!

─아자르가 뒤쪽으로 빠지며 수비수를 끌어냅니다!

제임스를 막아선 건 센터백인 보아텡이었다. 유럽에서도 손꼽히는 수비수로, 그런 그가 잠시 눈치 싸움을 하다 태클을 시도했다.

정확하게 들어오는 태클을 보며 제임스가 슬쩍 공을 옆으로 흘렸다.

그리고 오른발을 뒤로 꼬며 흐르는 공을 찼다.

라보나 킥.

실효성이 없다고 평가되는 개인기가 골문을 향한 슈팅이
된 것이다.

―노이어가 막아냅니다!
―부상에서 복귀한 이후에도 굉장한 선방을 보여주는 노
이어!

골문 위쪽 구석을 향하던 공을 노이어가 잡아챘다. 변칙적
인 슈팅을 빠르게 잡아내는 선방에서 클래스가 느껴졌다.

긴 부상에서 이제 막 복귀한 그는 아직 완벽하게 폼이 올
라온 상태는 아니었다.

그럼에도 리그 최고 수준의 퍼포먼스를 보여주며 바이에른
의 뒷문을 든든히 수호했다.

중앙에 있던 아자르가 다시 측면으로 빠지자 라이언도 미
드필더진으로 복귀했다. 오늘 라이언의 움직임은 전적으로 아
자르에게 맞춰져 있었다.

이에 맞서는 뮌헨의 전략은 제임스를 옭아매는 거였다.

오늘 거친 파울을 자주 저지르는 모습에서 그 전략을 확인
할 수 있었다.

네이마르 때와 같았다.

당시 챔피언스리그 조별 예선에서 만난 PSG를 상대로 하인

케스는 네이마르를 봉쇄하기 위해 거친 태클을 지시했다.

이로 인해 네이마르가 당한 파울 중 무려 4장의 옐로카드가 나왔다. 그리고 그 효과를 톡톡히 보았다.

거친 플레이에 자극된 네이마르가 평소보다 부진한 활약을 보이며 PSG의 공격을 약화시킨 것이다.

첼시와의 경기에서도 비슷했다.

리베리가 수비에 가담하고, 코망이 드리블을 통해 볼을 운반한다. 핵심 선수는 거칠게 다루며 자극시키고.

"시벌."

제임스는 자신에게 거친 태클을 한 뒤 돌아가는 비달의 뒷모습을 보며 침을 뱉었다.

문제는 이 돌아이가 그런 플레이에 오히려 더 좋은 퍼포먼스를 보여준다는 거였다.

스토크 시티와의 일화가 아주 대표적이다.

스토크는 거친 EPL에서도 가장 험한 축구를 하는 팀으로 꼽혔다. 오죽하면 리그 적응의 수문장이라 불리겠는가.

그 경기에서 쇼크로스의 살인 태클을 받았던 제임스는 네골을 넣으며 스토크를 침몰시켰다.

하지만 아무리 기막힌 슈팅을 때려도 골은 들어가지 않았다. 문제는 저 골문 앞에 선 노이어였다.

―노이어가 재빨리 뛰어나와 패스를 차단합니다!

　―수비진을 허문 스루패스였기에 위험한 상황이 될 뻔했던 걸 아주 잘 막았어요!

　제임스의 환상적인 패스가 수비 사이를 뚫었고, 말콤이 그 공을 잡는다면 일대일 찬스가 가능했던 상황이었다.

　하지만 골문을 박차고 뛰어나온 노이어가 공을 멀리 클리어링하며 기회가 무산되고 말았다.

　"미친."

　말콤이 허무한 얼굴로 몸을 돌렸다.

　이렇듯 노이어의 진가는 선방만이 아니었다.

　페널티에어리어가 아닌, 하프라인 근처까지 뛰어나와 최후방 빌드 업에 가담하는 스위퍼 키퍼.

　그동안 골문에서 뛰어나오는 골키퍼는 많았지만 노이어처럼 경기장의 반을 커버하는 경우는 없었다.

　그렇기에 골키퍼의 새로운 영역을 개척했다는 평가를 받는 선수였다. 상대 팀에게는 게르만 기행종이라며 욕을 먹지만.

　"저 새끼 저거, 또 나왔네."

　원지석이 혀를 차며 아랫입술을 깨물었다.

　그들이라고 해서 노이어에 대한 대비를 하지 않았겠는가. 다만 그 빈틈이 쉽게 나온다면 절대 지금 같은 명성을 얻지 못했을 것이다.

노이어의 영향으로 스위퍼 키퍼를 시도한 팀은 많았다. 하지만 생각대로 잘 풀린 경우는 드물었다.

원지석이 라이언에게 지시하며 그와 앤디의 위치를 바꾸었다. 이제 새로운 시도를 할 때가 되었다.

왼쪽에서 오른쪽 메짤라로 바뀌며 라이언의 플레이도 변화가 생겼다.

왼발을 쓰는 선수인 만큼 파워풀한 드리블 이후 터치라인 근처에서 바로 크로스를 올렸다면, 오른쪽에서는 일단 측면 끝으로 빠지며 공을 한 번 잡았다.

"막아!"

알라바와 비달이 공을 빼앗기 위해 달렸지만 라이언은 몸으로 버티며 공을 빼앗기지 않았다.

흡사 하이에나들에게 물어뜯기는 하마를 보는 느낌이었다. 이것도 탈압박이라 해야 할지 해설들이 고민하는 사이, 쾅 하는 소리와 함께 공이 쏘아졌다.

왼쪽 풀백 자리에서 쏘아지던 박격포가 이번엔 오른쪽 측면에서 터진 것이다.

하지만 아직 영점을 잡지 못했는지 골문에서 한참 떨어진 곳을 향했다.

"이걸 패스라고 주냐!"

제임스가 떨어지는 공을 보며 욕지거릴 내뱉었다.

공을 향해 슬금슬금 이동한 게 어느새 코너킥 깃발이다. 첼시 선수들만이 아니라 뮌헨 선수들마저 공이 나갈 것을 예상하며 쫓아오지 않았다.

순간 포기할까 했지만 아무도 마크를 하지 않는 걸 보고선 마음이 바뀌었다.

'제발!'

떨어지는 공이 발끝을 스쳤다.

그리고 라인을 넘으려던 공의 각도가 꺾이며 코너킥 깃발에 명중했다.

─오 이럴 수가!

중계진이 그 묘기에 경악성을 내질렀다.

아웃되려던 공이 코너킥 깃발에 튕기며 제임스의 앞에 떨어진 것이다.

정확히 맞아떨어진 계산에 그가 씨익 웃으며 몸을 돌렸다. 당황한 뮌헨의 수비진들이 분주하게 움직이는 모습이 보였다.

─제임스가 공을 몰고 침투합니다! 뮌헨의 미드필더들이 서둘러 수비를 도우러 뛰지만 늦어요!

보아텡의 커버를 앤디와의 원 투 패스로 따돌린 그가 노이어를 앞에 두고 슈팅을 날렸다.

―제임스! 제임스으으으!!

길게 휘어지는 공이 골문 구석을 향해 들어갔다. 뒤늦게 슐레가 슬라이딩태클을 하며 걷어내려 해도 이미 공은 골라인을 넘은 뒤였다.

―고오오올!! 환상적인 기교와 함께 결국 골을 만들어낸 제임스 파커!

와아아!
첼시 홈 팬들이 엄청난 골에 두 손을 번쩍 들며 환호했다.
코너킥 깃발을 이용한 정확한 터치, 그리고 순식간에 이어진 돌파와 슈팅까지.
제임스! 제임스! 제임스!
자신의 이름을 연호하는 소릴 들으면서도 제임스는 시큰둥한 얼굴로 어깨를 으쓱였다.
이제는 제임스의 상징이 된 셀레브레이션을 보며 팬들은 더욱 열광했다. 블루스들에겐 사실상 아이돌이나 다름없었다.

그렇게 경기는 1 : 0으로 끝났다.

「[BBC] 바이에른마저 침몰시킨 악마의 재능」

「[스카이스포츠] 뮌헨의 측면을 파괴한 하프윙 전술」

이번 경기에서 주목을 받은 건 제임스의 신묘한 코너킥 깃발과 라이언의 메짤라 전술이었다.

「[키커] 하인케스의 압박을 무위로 만든 글래디에이터!」

독일 언론에서도 패배의 원인 중 하나로 라이언을 꼽았다. 사진으로는 바이에른 뮌헨의 미드필더들이 그를 에워싼 이미지가 올려졌다.

거기다 앤디의 지휘 아래 눈에 띄는 잔실수도 없었던 만큼 성공적인 전술로 평가받았다.

"자주는 못 써먹겠는데."

원지석이 기사들을 확인하며 중얼거렸다.

전술에 대해 자세히 분석한 내용들이 보였다.

하인케스는 경험이 많은 노련한 감독이었다. 아마 2차전에서 충분히 대비를 하고 올 게 뻔했다.

이어진 2차전에서 첼시는 수비적인 쓰리백을 꺼내며 경기의 주도권을 내줄 수 없다는 뜻을 보였다.

2차전은 치열했다.

전 라인에 걸쳐 압박을 통해 몰아붙이는 뮌헨과 날카로운 역습을 시도하는 첼시의 싸움.

다만 골은 터지지 않았다.

쓰리백이라는 방패는 공격진에 많은 부담을 넘긴다는 단점이 있다. 첼시의 공격진은 뮌헨의 압박에 쉽사리 공격을 하지 못했다.

반대 역시 마찬가지였다. 공을 뺏은 뮌헨도 첼시의 수비진을 넘지 못하며 중거리 슈팅을 날릴 뿐이었다.

그런 상황에 왼쪽 윙백으로 나온 라이언의 장거리 패스는 가뭄의 단비 같았다.

텅!

크로스를 날린다는 게 영점을 잡지 못해 골문으로 향했고, 노이어는 골대를 맞고 튕기는 공을 보며 안도의 한숨을 쉬었다.

결국 2차전은 0 : 0으로 마무리 지었다.

1차전에서의 골 하나로 겨우 올라갔다지만, 3시즌 연속 챔피언스리그 결승 진출이라는 대기록을 세운 것이다.

「[스카이스포츠] 더 이상 스페셜 원은 무리뉴만을 뜻하지 않는다」

사람들은 이 경외적인 신인 감독에게 찬사를 보냈다.

더군다나 리그 우승도 확실시되는 상황에, FA컵에서도 결승에 오른 만큼 사람들은 트레블의 가능성을 점쳤다.

「[BBC] 첼시, 2년 연속 리그 우승 달성!」

「[스카이스포츠] 첼시, FA컵을 우승하며 더블 달성!」

원지석은 그들의 기대를 실망시키지 않겠다는 듯 리그와 FA컵에서 우승을 이루었다.

남은 것은 단 하나.

원지석은 트레블을 앞두고 있었다.

하지만 첼시의 2연패를 부정적으로 바라보는 시선 역시 많았다. 챔피언스리그는 개편 이후 두 번 연속 왕좌에 오른 팀이 없기 때문이다.

두 번 연속으로 결승으로 오른 팀은 많다.

하지만 연속으로 우승을 이룬 팀은 없다.

한 번 빅이어를 들어 올렸던 팀은 다음 시즌 챔피언스리그에서 우승하지 못한다는 징크스마저 생긴 지금, 사람들의 시선은 첼시로 향했다.

"사람들은 첼시가 또 한 번의 빅이어를 추가할 수 있을지 궁금해하고 있습니다. 선수들 역시 징크스를 깨기 위해 압박이 심할 것으로 보이는데, 어떻게 생각하십니까?"

한 기자의 말에.

원지석은 시큰둥하게 대답했다.

"자신이 없어요."

그 말에 기자들이 고개를 갸웃거렸다.

평소 자신감이 넘쳤던 사람이 이렇게 주눅 든 것은 처음이었기에, 확실히 엄청난 중압감을 느끼는 모양이라고 생각할 때였다.

아직 그의 말은 끝나지 않았다.

"질 자신이 없어요."

*   *   *

원지석의 인터뷰로 결승전 분위기는 후끈 달아올랐다.

자신감이 넘치는 말이었다.

아니, 오만하고 패기가 넘쳤다.

상대인 유벤투스의 팬들은 원지석을 욕하며 분노를 표했다. 조금 잘나가니 이제 눈에 뵈는 게 없냐면서.

유벤투스의 선수들 역시 SNS에 그렇게 되진 않을 거라는 반응을 보이며 의지를 불태웠다.

쳴시가 세 번 연속 결승전에 오른 것처럼, 유벤투스의 결승 진출을 보며 놀란 사람들이 많았다.

시즌 초반만 하더라도 선수들의 폼이 좋지 않았기 때문이다. 공격수들의 부진이 컸다.

하지만 알레그리 감독은 수비를 중점으로 팀을 재정비하고 이후 짜임새 있는 조직력으로 재미를 보았다.

비록 공격수가 골을 잘 넣지 못하더라도 챔피언스리그 같은 토너먼트에선 그 수비가 빛을 보게 마련이다.

하이라이트는 4강이었다.

그 상대인 AT 마드리드 역시 코스타를 급하게 영입할 정도로 빈공에 허덕였지만, 강한 수비를 바탕으로 토너먼트에서는 재미를 보는 중이었다.

두 팀 모두 최근 챔피언스리그에서 좋은 성적을 기록한 팀들이기에 팬들은 빅 매치를 기대했다.

확실히 경기는 치열했다.

다만 두 팀의 팬이 아닌 사람들에겐 재미가 없다며 불평을 들었던 경기였다.

수비적인 경기는 끝내 한 골도 터지지 않으며 승부차기까지 이어졌다. 결과는 더 많은 실축을 한 AT 마드리드의 패배.

쳴시와 바이에른의 경기 역시 많은 골이 터지지 않았기에 불만을 토하는 사람들이 많았던 4강이었다.

「[라 스탐파] 또다시 트레블의 제물이 되길 거부하는 유벤투스」

3년 전의 14/15 시즌.

당시 챔피언스리그 결승에 오른 유벤투스는 리그와 컵 대회에서 우승을 하며 트레블을 목전에 둔 상황이었다.

결승전 상대였던 바르셀로나도 리그와 컵 대회를 마무리 짓고 챔피언스리그만을 남겨둔 상황.

이기는 팀은 역사적인 트레블을 달성하게 된다.

그 결과는 바르셀로나의 우승이었으며, 유벤투스는 씁쓸하게 빅이어를 드는 그들의 모습을 지켜볼 수밖에 없었다.

그런 만큼 이번엔 절대 질 수 없다는 반응이 지배적이었다. 유벤투스 선수들 중에는 당시 결승전을 뛰었던 선수들이 남아 있었기에 그 마음은 더욱 컸다.

연속 우승 징크스를 깨기 위한 첼시와, 이번에야말로 우승을 꿈꾸는 유벤투스.

양 팀의 동기부여는 충분했다.

결승전의 라인업이 발표되었다.

유벤투스는 442 포메이션을 꺼내 들었다.

그중에는 이번 시즌 새로 영입한 선수들이 라인업에 이름을 올린 게 눈에 띄었다.

먼저 포백으로는 산드루, 키엘리니, 베나티아, 데 실리오가 자리를 잡았다.

한때 세계적인 명성을 떨쳤던 수비진인 BBBC 라인도 보누치의 이적과 바르찰리의 노쇠화로 사실상 해체된 지금.

새로운 신입생인 베나티아와 데 실리오는 그들의 빈자리가 느껴지지 않을 정도로 좋은 퍼포먼스를 보여주고 있었다.

중원에는 더글라스 코스타, 피야니치, 마투이디, 베르나르데스키가 이름을 올렸다.

이 미드필더진이 사실상 이번 시즌 유벤투스를 이끈 선수들이라고 봐도 좋았다.

윙어인 베르나르데스키는 잠재력이 뛰어난 유망주고, 코스타는 이미 기량을 인정받는 선수였다.

그리고 중앙의 피야니치와 마투이디는 유벤투스 전력의 절반이라 해도 과언이 아니다.

리그 최고의 플레이메이커로 발돋움한 피야니치와 중원의 궂은 일을 책임지는 마투이디의 조합은 상상 이상이었다.

공격진에는 만주키치와 이과인이 투톱으로 섰다.

지난 시즌까지 팀의 핵심 선수였던 디발라는 벤치에서 경기를 지켜보았다. 아무도 예상하지 못한 부진이 길게 이어지자 결국 주전 자리에서 밀려난 것이다.

디발라만이 아니라 유벤투스의 공격진들이 기이할 정도로 부진에 빠진 시즌이었다.

그랬기에 알레그리는 자리만 만들어주면 골을 넣어주는 이과인과, 전방 압박을 통해 이과인을 살려줄 수 있는 만주키치를 투톱으로 세웠다.

사실상 극단적인 역습과 이과인의 한 방을 노리겠다는 전술이었다.

그에 맞서는 첼시는 이번 시즌 찬사를 받은 역삼각형 433 전술을 꺼냈다.

포백으로는 라이언, 마르티네스, 크리스텐센, 아스필리쿠에타가.

중원에는 캉테와 앤디가 호흡을 맞추고 그 뒤를 킴이 받친다.

그리고 이번 시즌 최고의 공격진으로 꼽히는 아자르, 제임스, 말콤이 최전방에 섰다.

경기가 시작되었다.

사람들이 예상한 대로 경기의 주도권은 첼시가 쥐며 유벤투스는 빠른 역습으로 맞받아쳤다.

오른쪽 윙어인 베르나르데스키가 공을 끌고 달렸다.

그는 빠른 드리블만이 아니라 창조적인 플레이도 뛰어난 선수였다. 킥 역시 좋아서 알레그리는 왼발잡이인 베르나르데스키를 오른쪽에 기용하며 슈팅을 하도록 지시했다.

그런 베르나르데스키를 막아선 건 라이언이었다.

눈앞의 덩치를 앞에 두고 그가 슬쩍 개인기를 섞으며 간을 보았다. 하지만 라이언의 얼굴에는 변화가 없었다.

공을 옆으로 빼며 달리려던 베르나르데스키는 문득 그늘이 지는 걸 깨닫고 고개를 돌렸다. 자신을 무표정하게 내려다보는 라이언과 눈이 마주친 것이다.

"히익!"

순간 소름이 돋았지만 이를 악물며 몸을 한 번 접었다.

골문을 향해 달리는 만주키치와 이과인이 보였다.

쾅 하는 소리와 함께 빨랫줄 같은 얼리 크로스가 페널티에어리어를 향해 휘었다.

수비에 가담한 킴이 만주키치와 헤딩 경합을 벌였다. 다행히 공은 골문에서 먼 곳에 떨어지며 첼시의 골킥으로 선언되었다.

이게 전반전 동안 유벤투스가 보여준 가장 날카로운 공격이었다.

―고오올! 프리킥으로만 두 골을 넣는 앤디!
―정말 신들린 프리킥이었습니다!

아직 전반임에도 첼시는 두 골을 넣으며 경기를 리드하고 있었다.

확실히 유벤투스의 수비와 압박은 강했다.

그럼에도 그런 수비와 압박이 무의미해지는 순간이 있다.

바로 데드볼 상황이 그랬다.

앤디는 이번 시즌 잉글랜드만이 아닌 유럽 최고의 데드볼 리스트로 떠올랐다.

런던의 빌헬름 텔.

눈을 감아도 반드시 명중시키는 명사수.

반대로 수문장인 부폰은 이제 은퇴를 준비하는 골키퍼였다. 경험에서 나오는 노련함, 그리고 수비 조율과 리더십은 분명 그만의 특별함이지만 슬슬 후임을 준비할 때인 것이다.

만약 부폰의 후계자라 불리는 슈제츠니가 부상이 아니었더라면 그가 나왔을 거라는 의견이 많았다.

알레그리 감독으로선 슈제츠니의 부재가 더욱 안타까울 것이다. 뛰어난 반사 신경으로 팀을 구해낸 세이브가 많기에 더욱더.

첼시의 대응 전략도 잘 통했다고 할 수 있는 경기였다.

원지석은 오히려 이과인을 프리로 놔두고 양 윙어와 피야니치를 묶었다.

공격의 시발점이 되는 피야니치가 캉테에게 막히자 양 윙어들의 위협적인 장면도 점점 줄어들게 되었다.

이는 결국 공격진의 고립을 초래했다.

만주키치가 사실상 미드필더처럼 중원 싸움에 가담했지만 이과인은 쓸쓸히 수비진 사이를 돌아다녔기 때문이다.

앤디가 두 번째 골을 넣은 순간부터 유벤투스 선수들의 기세가 많이 가라앉았다. 한 골이면 몰라도 두 골 차이는 그 무게감이 다르다.

첼시! 첼시! 첼시!

중립 경기장은 마치 첼시의 홈인 것처럼 첼시를 연호하는 소리가 울렸다.

후반전임에도 반전은 이루어지지 않았다. 오히려 첼시가 유벤투스 선수들을 가둬두며 몰아붙이는 모습이 나올 정도였다.

삐이익!

경기가 끝났다.

개편 후 챔피언스리그 연속 우승이라는 기록과, 첼시 역사상 첫 트레블이라는 대기록이 세워진 것이다.

와아아!

원! 원! 원!

환호 소리와 함께 원지석의 이름이 그 넓은 경기장을 가득 채웠다.

원지석은 고개를 들고 자신을 연호하는 팬들을 보았다. 그 모습을 잊지 않겠다는 듯, 망막에 각인하겠다는 듯이.

입꼬리를 늘리며 서 있던 원지석의 뒤로 선수들이 다가왔다. 가장 먼저 달려온 것은 라이언이었다.

"우워어어어!"

태클을 걸듯 원지석을 들쳐 업은 라이언이 그대로 터치라인을 뛰었다. 그리고 선수들이 있는 곳을 향해 던졌다.

다행히 땅에 떨어지거나 하는 일은 없었다.

선수들이 다시 하늘 위로 던져서 문제였지.

"이대로 떨어뜨려서 부상이라도 당하면 어쩔 수 없이 재계약하지 않을까?"

헹가래 도중 제임스의 말을 들었는지 킴이 헛소리하지 말라며 뒤통수를 때렸다.

어찌 됐든 우승이다.

잉글랜드에선 맨유 이후 두 번째 트레블이며, 첼시로선 구단 역사상 첫 트레블이라는 기념비적인 순간이었다.

「[BBC] 첼시, 역사적인 트레블 달성!」
「[라 스탐파] 패배에 아쉬워하는 알레그리」

패장인 알레그리는 패배에 아쉬움을 드러냈다.

사실상 빅이어를 들 수 있는 마지막 기회였던 부폰에게 미안하단 말을 전하기도 했다.

반대로 런던은 지금 축제 분위기였다.

또 한 번의 우승.

트레블이라는 영광의 순간을 만끽하며 아직까지 숙취에서 깨어나지 못한 팬들이 많았다.

「[텔레그래프] 원지석을 보내고 싶지 않아 하는 블루스들」

우승 퍼레이드마저 끝나자 슬슬 팬들은 불안에 빠졌다.

무리뉴의 경질 이후 그 향수를 빨리 잊을 수 있던 것은 전적으로 원지석 덕분이었다. 스페셜 원은 계속 스탬포드 브릿지에 남아 있다는 소리가 나올 정도였으니까.

하지만 그런 감독이 떠난다.

후임으로 그 누가 온다고 해도 이런 영광은 다시 맛보지 못할 것을 알았다. 어쩌면 또다시 심각한 부진을 겪을지도 모르는 일이었고.

이러한 불안으로 결국 원지석의 집 앞까지 찾아와 떠나지 말라는 팬들마저 생길 정도였다.

그럼에도 그는 자신의 선택을 번복하지 않았다.

물론 첼시에 계속 남는다면 굉장히 편할 것을 안다.

지금 스탬포드 브릿지에서 그는 신이나 다름없으니까.

하지만 지금 이 상태에서 만족하고 싶지는 않았다.

더 많은 곳을 다니고 싶었고, 더 많은 트로피를 들기를 원했다.

「[BBC] 팬들에게 작별 인사를 고하는 원지석」

BBC는 원지석이 자신의 SNS에 올린 편지를 실었다. 그동안 보여준 사랑에 감사하며, 다시 돌아올 수 있다면 돌아오겠다는 내용이 적혀 있었다.

─저는 떠납니다.

그 말에 팬들도 결국 박수를 쳐주었다.

짧은 기간 동안 엄청난 임팩트를 보여준 원지석을 기념하기 위해 MOTD에선 그에 대한 특집을 내보내기도 했다.

"그가 감독대행일 때, 저는 끝까지 지켜본 뒤에 말해도 늦지 않는다고 했습니다."

한 패널이 경기장에 지시를 하는 원지석의 영상을 보며 입을 열었다.

"그리고 처음 리그 우승을 할 땐 매우 좋은 감독이라고 말했죠. 그가 첼시를 떠나는 지금에서야 이 말은 조금 늦을지도 모르겠습니다."

그는 매우 특별한 감독이었습니다.

*   *   *

인터뷰를 마무리한 런던 풋볼의 기자가 웃으며 자리에서 일어났다.

그녀는 눈앞의 원지석이 유소년 감독일 때부터 인터뷰를 한 사람이었다. 그때만 하더라도 그가 매우 유명한 감독이 될 줄은 예상하지 못했다.

유소년 트레블을 이루었다고 인터뷰를 한 사람이, 프로축구에서 유러피언 트레블을 기록한 것이다.

'인생이란.'

그녀가 피식 웃음을 터뜨리며 떠났다.

한편 원지석은 자신의 사무실에서 짐을 정리하는 중이었다.

짐이라고 할 것도 없었다.

노트북과 태블릿 PC 정도만 챙기면 되었으니까.

박스에 서류들과 개인 물품을 모두 넣은 그가 한숨을 쉬며 주위를 둘러보았다.

무리뉴를 따라 만 17세라는 나이에 이 사무실을 처음 왔다.

이제는 서른이 되어 첼시를 떠난다.

사실상 그의 청춘을 보낸 곳이라 해도 과언이 아니었다.

처음에는 코치로 이곳의 문을 두드렸고, 나중에는 감독이 되어 문을 열었다. 이 자리에 앉은 사람은 대부분 1년을 채우지 못하고 목이 잘렸다.

그런 만큼 웃으며 헤어진다는 게 얼마나 어려운 일인지를 알기에, 원지석은 미련 없이 떠날 수 있었다.

딸칵.

스탠드가 꺼지고 사무실의 문이 닫혔다.

그렇게 박스를 들고 나가는 길이었다.

원지석은 커피를 마시는 노인을 발견하고선 걸음을 멈추었다.

노인 역시 그를 발견했는지 손을 들었다.

그는 피엣 데 비세르였다.

"떠나는 건가."

"그렇죠. 지금까지 신세 많이 졌네요."

스카우트 팀에게 많은 업무를 넘겼기에 원지석이 쓴웃음을 지었다. 그런 그를 물끄러미 보던 비세르가 입을 열었다.

"언젠가 스카우터가 될 생각은 없나?"

"스카우터요?"

"뭐 어떤가. 나도 감독질 하다가 스카우터가 된 건데."

비세르는 64년에 감독 데뷔를 해서 93년도에 지휘봉을 내려놓은 사람이었다. 이후로는 쭉 스카우터 생활을 했고.

"나는 평생 사람을 보는 걸 업으로 삼아왔지. 그렇기에 알수 있네. 자네는 사람을 보는 눈을 가지고 있어. 그런 감독은매우 드물거든."

전략을 짜는 감독이 있고.

선수들의 마음을 휘어잡는 감독이 있다.

하지만 선수들을 제대로 볼 줄 아는 감독은 드물다.

저것들을 하나씩 가진 감독은 있어도 세 가지 모두를 가진감독은 매우 드물었다. 무리뉴나, 과르디올라나, 더 멀리는 퍼거슨 같은 감독들이 그랬다.

그들은 특별했다.

그리고 원지석은 그중에서도 독특한 느낌을 주는 녀석이었다.

자네는.

그래, 자네는.

"어쩌면 세계 최고의 감독은 아닐지라도, 가장 특별한 감독은 될 수 있을 거야."

이렇게 17/18 시즌이 끝나고.

원지석은 자신의 둥지라 할 수 있는 첼시를 떠나게 되었다.

19 ROUND
새로운 둥지 I

새로운 시즌까지는 두 달여의 시간이 남았다.

거기서 한 달은 휴가를.

남은 한 달은 시즌을 준비하는 단계인 프리시즌이었다.

일이 잘 풀릴 때의 경우지만 프리시즌 전까지 모든 영입을
끝마치는 게 이상적인 일이었다. 전술에 녹아들고, 선수들이
발을 맞출수록 좋은 스타트를 끊을 수 있을 테니까.

「[BBC] 감독들의 연쇄 이동?」

이번 여름에는 특이하게도 감독들의 이름이 많이 언급되고 있었다.

새로운 감독에게 만족한 팀이 있다면, 반대로 만족스럽지 못하거나 경질을 한 팀이 있게 마련이다.

핵심은 원지석이다.

한 시즌이면 몰라도 그가 지휘봉을 잡은 동안 첼시는 유럽에서 엄청난 퍼포먼스를 뽐냈다.

그런 감독이 프리로 풀리게 된다.

많은 구단들이 새로운 매물을 보며 군침을 삼켰다.

사람들은 이 무서운 신예가 어떤 팀으로 가느냐에 따라 후폭풍으로 찾아올 대이동을 예상했다.

「[ABC] 지단의 후임은 누구?」

「[키커] 자유롭게 풀린 원지석에게 러브 콜을 보내는 바이에른과 도르트문트!」

가장 링크가 진하게 뜨는 곳은 레알 마드리드와 바이에른 뮌헨, 그리고 도르트문트였다.

레알 마드리드는 지난 시즌 내내 부진한 경기력을 보이며 4위라는 순위로 마감을 했다. 우승이 아닌 챔피언스리그에 겨우 턱걸이를 한 것이다.

하지만 항상 최고만을 원하는 보드진에겐 불만스러운 성적일 뿐, 만약 팀의 상징적인 레전드가 아니었으면 진작 잘리고도 남았다는 게 팬들의 추측이었다.

그런 만큼 언론들은 지단의 경질설을 떠들었다.

그것도 꽤나 공신력이 높은 곳에서 다루는 이야기였기에 허황된 이야기 역시 아니었다.

다만 그 경질에는 한 가지 조건이 있었다.

후임으로 올 감독이 모두가 납득할 만한 사람일 것.

현재 레알의 최상위 목표는 원지석이다.

데뷔와 함께 엄청난 임팩트를 각인시켰으며, 그것은 챔피언스리그 결승에서 두 번이나 만난 레알 마드리드가 누구보다 뼈저리게 경험한 상황.

그리고 발렌시아의 부흥을 이끈 마르셀리노가 차순위며, 이마저도 실패할 경우 지단에게 계속 지휘봉을 맡긴다는 소식이 전해졌다.

현재 마르셀리노 감독은 원지석이 떠난 첼시에서도 노리는 매물인 만큼 쉽지 않은 경쟁이 예상되었다.

그다음으로는 분데스리가 팀이었다.

레알처럼 바이에른 뮌헨과 도르트문트 역시 지난 시즌부터 꾸준히 러브 콜을 보낸 팀이었다.

바이에른 같은 경우 긴급 소방수로 투입된 하인케스가 너무 잘해주고 있지만, 역시 장기적으로 감독을 맡기기엔 무리가 있다.

도르트문트는 절망스러웠던 피터 보츠 이후 슈퇴거라는 임시 감독을 세웠다. 이후 4위로 시즌을 마무리하며 최악의 상황만은 면한 도르트문트였다.

슈퇴거 역시 임시 감독이기에 새로운 감독을 구하는 중이지만, 만약 제대로 된 교체가 없을 경우 슈퇴거에게 계속 지휘봉을 맡길지 모른다는 이야기가 있었다.

「[RMC] 감독마저 최고를 원하는 PSG」
「[안사 칼치오] 명가 재건을 꿈꾸는 밀라노의 팀들!」

원지석을 원하는 팀들은 그 세 팀만이 아니었다.

지난 시즌에는 네이마르를, 이번 시즌에는 임대 영입했던 음바페를 완전 이적시키며 큰돈을 쓰는 PSG 역시 원지석에게 백지수표를 내밀었다는 이야기가 전해졌다.

PSG 같은 경우 지난 시즌 챔피언스리그 8강에서 만난 AT 마드리드에게 패배하며 팬들의 실망이 더욱 커진 상황이었다.

현 감독인 에메리의 경질은 사실상 확정된 거나 마찬가지였다.

첫 시즌에는 4골 차를 앞서면서도 끝내 역전을 당한 캄프 누의 기적을.

이후 두 번째 시즌에는 네이마르를 비롯한 브라질 선수들의 파벌 싸움이 입방아에 오르며 지도력을 의심받았기 때문이다.

그런 상황에 원지석이라는 존재는 확실히 구미가 당기는 매물이었다.

무리뉴가 경질을 당하고, 이후 원지석이 감독대행에 오를 때만 하더라도 첼시는 강등권 탈출을 위해 발버둥 치고 있었다.

당시 동기부여, 폼 저하 같은 선수단의 문제를 어린 나이의 감독이 뜯어고쳤다는 것도 PSG의 보드진이 군침을 삼키는 요소였다.

이탈리아 리그에선 AC 밀란과 인테르와의 링크가 뜨는 중이었다.

그중 인테르 같은 경우는 직접적인 관심은 아니었다.

지난 시즌 새로 부임한 스팔레티 아래 나쁘지 않은 성적을 거두었기 때문이다.

세리에에서 잔뼈가 굵은 감독인 스팔레티는 팀을 챔피언스리그로 이끌었다.

다만 리그 후반기로 갈수록 뒷심이 떨어지는 모습이 나왔기 때문에 이러한 링크가 뜨는 것으로 보였다.

당연히 인테르의 팬들은 난리가 났다.

만치니 때도 대책 없이 자르더니 이번에도 그 실수를 또 반복할 거냐는 부정적인 여론이 많은 만큼, 스팔레티의 자리는 안전했다.

반면 AC 밀란의 사정은 최악이었다. 중국의 갑부에게 구단을 매각했을 때는 이제 꽃길만 남은 줄 알았다.

하지만 그 구단주가 사기꾼이 아니냐는 루머부터 폭풍 영입한 선수들도 부진을 면치 못하자 팀의 성적은 곤두박질을 쳤다.

자본이 없을 때만 하더라도 팬들의 지지를 받던 몬텔라 감독은 이후 많은 돈을 썼음에도 긴 부진이 이어지자 경질의 칼날을 피하지 못했다.

그러한 상황에 구단은 후임으로 가투소를 데려왔다.

감독 경력이 일천한 그 가투소를 말이다.

선수 시절이야 팀의 레전드였다지만, 이미 셰드로프나 인자기처럼 레전드 출신들이 감독 땜빵을 하다 경질을 당했기에 팬들의 여론은 좋지 못했다.

벌써부터 시끄러운 축구판과는 다르게 원지석은 느긋이 휴가를 즐겼다.

에메랄드빛 바다를 앞두고 그늘 아래 누워 있던 원지석이 차가운 감촉에 눈을 떴다.

음료수를 들고 있던 캐서린이 배시시 웃으며 그 옆에 앉았다.

"이렇게 여유로워도 괜찮아요?"

"나쁠 게 뭐가 있겠어요."

피식 웃은 원지석이 빨대를 쭈욱 빨자 달콤한 음료가 목구멍을 타고 넘어갔다.

새로운 팀이라. 물론 오래 쉴 생각은 없었다.

만약 구미가 당기는 제안이 있다면 프리시즌 전에 새로운 팀을 맡겠지만, 그렇다고 해서 무리하게 복귀할 필요 역시 없었다.

현재 많은 팀들이 감독 제의를 했다는 게 한채희를 통해 전해졌다.

원지석은 그 제의들을 보며 두 개의 조건을 걸었다.

하나는 EPL이 아닌 다른 리그라는 것.

다른 하나는 보드진의 파워가 너무 강하면 안 된다는 것.

첫 번째면 몰라도 두 번째 조건에서 많은 거대 클럽들이 난색을 표했다.

특히 레알 마드리드 같은 경우는 독이 든 성배라 불리며 감독보다 보드진의 입김이 강한 곳이었다.

하지만 이러한 필터링에도 러브 콜을 보내는 구단들은 많았다.

클럽들과는 별개로 곧 있을 월드컵에서 국가대표 지휘봉을 맡아달라는 제의 역시 있었다.

원지석은 국가대표 감독 제의를 모두 거절했다.

훗날이면 몰라도, 지금은 국가대표를 맡고 싶지 않았다.

"우리 다시 들어가요!"

캐서린이 그렇게 말하며 원피스처럼 몸을 감쌌던 얇은 가운을 벗었다.

우윳빛처럼 흰 몸을 아슬아슬하게 비키니가 감쌌다.

사실 디자인 쪽에서 일을 하기보다는 직접 모델을 하는 게 더 낫지 않을까 하는 사람이었다.

실제로 아마추어 때는 다른 모델이 아닌 본인이 직접 옷을 입으며 홍보를 하기도 했다.

그 매력적인 라인을 보며 원지석이 괜히 헛기침을 했다.

사유지를 잠깐 빌려서 다행이지, 만약 보는 눈이 많았다면 자신의 상의를 입혀줬을 것이다.

팔불출은 아니라고 생각한다.

실제로 올해 초에 가장 아름다운 왁스를 뽑는 투표에서 선수들의 아내나 배우자가 아닌 사람으로는 유일하게 순위에 이름을 올렸으니까.

'그나저나.'

최근 원지석의 머릿속은 복잡한 상태였다.

새로운 팀?

물론 그것도 있었다.

하지만 그것보다는 캐서린에 관한 일이었다.

과연 자신이 다른 나라로 떠난다면 그녀는 함께해 줄까. 캐서린 역시 바쁜 사람이었다. 자신을 위해 희생하라는 말은 하고 싶지 않았다.

아니, 그 전에.

원지석은 숙소에 있을 가방을 떠올렸다.

정확히는 그 안에 있을 반지를.

일주일 전에 몰래 산 반지는 아직까지 가방에서 나오지 못하고 있는 상황이었다.

'결혼이라.'

새로운 팀보다 더 복잡한 고민이 생긴 것이다.

                    *   *   *

그렇게 원지석이 휴가를 보내는 사이 케빈은 독일에 돌아간 상태였다.

방세는 1년 치를 미리 낸 만큼 표독스러웠던 주인아줌마가 살갑게 웃을 땐 소름이 돋을 정도였다.

첼시 측에선 뛰어난 능력을 보여준 케빈에게 계약 연장을 제시했지만, 그는 고개를 저으며 비행기에 몸을 실었다.

뿐만 아니라 많은 구단들이 케빈을 탐냈다. 첼시에서 그가 보여준 기행보다는 능력이 입소문을 탄 모양이었다.

케빈은 그러한 조건을 모두 거절했다.

아니, 아예 무시했다.

원지석이니 자신을 감당할 수 있는 거지, 다른 감독과 있을 때는 오래 버티지 못할 거란 걸 본인 스스로가 잘 알기 때문이었다.

'연락 기다려요.'

거기다 그런 말을 듣기까지 했으니 어쩌겠는가.

피식 웃은 케빈이 냉장고에서 맥주를 꺼냈다.

케빈 말고도 첼시에서 나온 코치들이 몇 명 있긴 했다. 그들 중에는 다른 팀으로 떠난 사람도 있고, 원지석과 함께하길 바라는 사람도 있었다.

TV를 틀자 월드컵 중계가 나오고 있었다.

이번 2018 월드컵을 앞두고 잉글랜드를 높게 평가하는 사람들이 부쩍 늘어난 편이었다.

역사적인 첼시의 트레블에서 핵심적인 선수였던 제임스와 앤디가 스쿼드에 포함됐기 때문이다.

특히 제임스는 다가올 발롱도르를 수상해야 한다는 여론이 형성될 정도로 엄청난 퍼포먼스를 보였다.

그만큼 잉글랜드는 이번 월드컵에서 매우 좋은 팀을 만들었다는 평가가 지배적이었다.

이번에도 득점왕을 차지한 케인과 처진 공격수로 활약하는 제임스의 조합, 그리고 중원에는 앤디와 킴이.

거기다 벤치에는 국대에서 만능 땜빵으로 뛰는 라이언이

있었다. 이른바 원지석의 아이들이라 불리는 녀석들이 모두 뽑힌 것이다.

하지만 잉글랜드는 8강에서 아르헨티나를 만나며 떨어졌다.

최소 4강까진 가지 않을까 했던 팀이 실망스럽게 무너지자 난리가 날 정도였다.

이러한 결과에 06 월드컵을 떠올리는 사람들도 있었다.

당시 잉글랜드는 조 콜, 램파드, 제라드, 베컴이라는 역대급 미드필더진을 가지고서도 국제 대회에선 신통치 않은 성적을 거두었다.

문제는 선수들의 공존이었다.

저 이름값만 높은 중원은 서로 맞지 않아 삐걱거리는 모습을 보였고, 이번 월드컵에서도 그와 비슷한 느낌을 주었기 때문이다.

「[스카이스포츠] 잉글랜드의 새로운 숙제」

그리고 그 해결책으로 원지석이 언급되었다.

원지석의 아이들이라 불릴 만큼 포텐을 터뜨린 장본인이니, 이만한 적임자가 또 없다는 소리였다.

이제 잉글랜드의 월드컵은 끝났으니 이상한 이야기는 아니었다. 하지만 원지석은 고개를 저었다.

「[BBC] 원지석, 국가대표는 먼 훗날의 일」

시간이 지나며 원지석의 다음 팀도 슬슬 좁혀진 상황이었다.

레알 마드리드는 최대한의 권한을 보장해 줘야 한다는 말에 결국 원지석을 포기했다.

바이에른 뮌헨과 도르트문트는 그것을 약속하는 대신 세세한 조건이 많았기에 원지석 쪽에서 고개를 저었다.

PSG는 처음부터 고려 대상도 아니었다.

네이마르를 2군에 박을 각오는 있냐고 물었을 때부터 대화는 끝났으니까.

하지만 이런 상황에 갑작스레 수면 위로 부상한 팀이 있었다.

「[빌트] 빌트는 알고 있다!」

빌트는 그리 높은 공신력을 자랑하는 언론이 아니다. 다만 가끔은 키커보다 먼저 소식을 물어오는 경우도 있었다.

예전에 마리오 괴체 때에도 이러한 제목을 달았었다.

그리고 지금 그러한 말머리와 함께 사진 속에는 원지석과, 라이프치히의 앰블럼이 걸려 있었다.

「[키커] 라이프치히와 협상을 하는 원지석?」

뒤늦게 공신력에서 끝판왕 소리를 듣는 키커도 이 소식을 물었다.

RB 라이프치히.

창단이 2009년이라는.

유럽 축구계에선 신생아 같은 팀이었다.

*　　　　*　　　　*

RB 라이프치히.

그 앞의 이니셜이 Rasen Ballsport, 즉 축구를 뜻한다고 표방하지만.

실상은 거대 음료 기업인 레드불을 뜻한다는 걸 모르는 사람은 없다.

구 동독 지역이었던 작센 주의 라이프치히.

그 라이프치히를 연고지로 삼은 이 클럽은 창단 당시만 하더라도 5부 리그에 머무른 팀이었다. 그리고 7년 만에 1부 리그 승격이라는 놀라운 상승세를 보였다.

상승세는 거기서 끝나지 않았다.

분데스리가 데뷔 시즌부터 준우승이라는 돌풍을 일으킨

것이다.

이러한 파죽지세에는 레드불이라는 거대 스폰서의 자본이 컸다. 창단부터 깊게 관련되어 홈 경기장의 이름부터 RB 아레나이고, 팀의 별명 역시 황소였다.

라이프치히는 지난 시즌에도 2위를 차지하며 그들의 돌풍이 단순한 우연이 아니란 걸 증명했다. 그러한 상황에 팀을 잘 끌고 있는 하센휘틀 대신 왜 새로운 감독을 노리냐는 반응도 있었다.

다만 보드진으로선 새로운 감독이 꼭 필요했다.

「[키커] 도르트문트와 연결되는 하센휘틀」

원지석을 포기한 도르트문트가 대신 하센휘틀에게 접촉을 시도한 것이다.

하센휘틀의 마음이 떠났다는 걸 깨달은 보드진은 급하게 원지석에게 러브 콜을 보냈다. 다른 팀들과는 다르게 원하는 조건들을 들어주겠다는 점을 어필하면서.

「[빌트] 라이프치히에 집을 알아보는 원지석!」
「[키커] RB 라이프치히, 원지석과의 계약까지 초읽기!」

협상은 순조롭게 흘러갔다.

에이전트 한채희는 자신의 능력을 발휘하며 보드진의 입에서 앓는 소리가 나오게 했다.

검은 마녀.

항상 검은 옷을 입는 이 여자는 멘데스의 밑에서 일할 때부터 그 명성이 높은 사람이었다. 보드진에게는 악명이나 다름없지만.

원지석 역시 슬슬 독일로 떠날 준비를 마쳤다.

라이프치히에 집을 마련했으며, 그러면서도 케빈을 비롯한 몇 명의 코치진들에게 자신을 따라오지 않겠냐는 연락을 했다.

—라이프치히? 뭐, 좋아.

케빈은 경기장에서 멀지 않은 곳에 이미 집을 알아본 모양이었다.

짐은 다 쌌다. 하지만 아직 끝내지 못한 일이 있었다.

원지석은 조심스레 앞을 보았다.

우아한 모습으로 식사를 하는 캐서린의 모습이 보였다.

스테이크보다는 햄버거나 케밥 같은 것을 더 좋아하는 그녀라지만, 지금의 모습은 마치 고귀한 귀족의 식사를 보는 것만 같았다.

지금 둘이 있는 곳은 런던에 위치한 레스토랑.

예약을 해야만 갈 수 있는 곳으로, 많은 주급을 받게 된 뒤에도 이런 고급진 레스토랑에 온 적은 드물었다.

"맛있네요."

그러다 눈이 마주친 캐서린이 싱긋 웃으며 말했다.

"원은 먹지 않나요?"

"아, 네. 먹고 있어요. 맛있네요."

원지석은 그답지 않게 버벅대며 나이프를 들었다. 너무 레어로 구워준 건가, 이상하게 잘 썰리지 않는 스테이크와 씨름을 할 때였다.

"오늘 뭔가 이상하네요? 무슨 일 있어요?"

고개를 갸웃거리는 캐서린을 보며 원지석의 손이 멈칫했다.

지금 주머니에는 반지가 들어간 작은 상자가 있다.

이걸 꺼내서, 그 말을 해야 하는데, 이상하게 주머니에 손이 들어가질 않았다.

'주머니에 지퍼라도 있나.'

그런 원지석을 보며 캐서린이 묘한 미소를 지었다. 짓궂은 장난을 치는 소악마처럼.

"원."

"네?"

"정말 독일에 갈 거예요?"

그녀의 물음에 당황하던 원지석의 얼굴이 가라앉았다. 그는 고개를 끄덕이며 캐서린의 말을 긍정했다.

영국이 아닌 다른 나라로 떠난다면.

캐서린은 이곳에 남을 확률이 높았다.

런던이 그녀의 집이니까.

물론 캐서린도 해외로 출장을 갈 때가 있지만, 결국 한시적인 일일 뿐이다.

"흐음, 곤란하네요."

그녀가 손가락 끝으로 나이프를 쓰다듬으며 중얼거렸다. 그 말에 원지석은 숨이 턱 하고 막히는 걸 느꼈다.

멀어지는 그녀의 모습을 상상한 순간.

지금까지 연습했던 멋지고, 미려하고, 시적인 말들은 머릿속에서 사라졌다. 심지어 주머니 속의 반지까지 말이다.

그는 무심코 입을 열었다.

"저와 계속 함께해 주실래요?"

그 말과 함께 조용한 침묵이 찾아왔다.

가라앉은 분위기에 원지석은 침을 꿀꺽 삼켰다.

최악이다. 최악의 프로포즈였다.

'아 미친.'

말을 하고 나니 엄청난 후회가 해일처럼 밀려왔다.

더 좋은 말을 할 수 있었는데!

솔직히 말해 그녀가 장난치는 거냐고 화를 내도 할 말이 없는 수준이었다.

"함께라뇨? 지금 함께 있잖아요?"

캐서린은 알 듯 말 듯한 미소를 지으며 답했다.

하지만 원지석으로선 이미 돌이킬 수 없었다.

이왕 말을 꺼낸 김에 그는 작은 상자를 조심스레 꺼냈다.

그것을 열자 아름다운 반지가 모습을 드러냈다. 다이아몬드는 없지만 유명한 세공사에게 부탁해 아름다운 무늬를 새긴 반지였다.

"평생."

그 말에 캐서린이 몸을 일으켰다.

설마 이대로 돌아가는 걸까 싶었지만, 그녀는 성큼성큼 걸으며 원지석에게 다가갔다.

"캐서린?"

그녀는 대답 대신 원지석의 얼굴을 잡았다.

그리고 그대로 입술을 겹쳤다.

"읍?!"

당황했던 원지석도 이내 눈을 감으며 캐서린을 받아들였다. 향긋한 냄새가 났다. 향수만으로는 낼 수 없는 이 향기는 그가 가장 좋아하는 것 중 하나였다.

"바보."

입술이 떨어지고.

캐서린이 귓가에 속삭였다.

"너무 기다렸잖아요. 이 겁쟁이."

그렇게 말한 그녀가 배시시 웃었다.

단언컨대, 원지석 인생 최고의 날 중 하나라고 할 수 있었다.

＊　　　　　＊　　　　　＊

「[오피셜] 랄프 하센휘틀, 도르트문트로 떠나다」

결국 하센휘틀 감독의 오피셜이 발표되었다.

라이프치히가 많은 돈을 쓰며 선수를 영입하긴 했어도 그 것으로 시즌을 꾸리는 것은 전혀 다른 이야기였다.

QPR같이 엄청난 돈을 쓰면서도 강등을 당한 사례가 있지 않은가.

그런 점에서 볼 때 기존의 강호들을 누르고 두 번이나 준우승을 차지한 하센휘틀은 분명 좋은 감독이었다.

그는 라이프치히 팬들에게 작별 인사를 건네며 도르트문트와의 계약을 마무리했다.

바이에른 뮌헨 역시 하센휘틀에게 관심이 있다는 루머가 있었지만, 곧 하인케스에게 한 시즌을 더 맡긴다는 발표가 떴다.

사람들은 하인케스의 후임으로 뢰브를 꼽았다.

이번 월드컵을 끝으로 독일 국가대표 감독직에서 내려오는 뢰브는 1년간의 휴식을 가진다고 미리 말을 한 상태였다.

그렇기에 하인케스와 자연스러운 교체를 예상하는 사람이 많았다. 다만 레알 마드리드 역시 뢰브를 노린다는 소식이 전해졌기에 아직은 모르는 일이었다.

그런 사이 원지석과 캐서린은 라이프치히에 도착했다.

약 60만 명이 사는 작은 도시였으나 작센 주에선 가장 큰 편에 속했다.

'으스스하네.'

차를 타고 이동하며 원지석은 주변을 둘러보았다. 동독 지역에선 그나마 부유한 편임에도 노후되거나 버려진 건물들이 많은 게 눈에 띄었다.

'차 안 막히는 건 좋군.'

런던에서 살던 원지석에겐 한적한 느낌이 드는 곳이었다. 나쁘다는 말은 아니다. 오히려 숨이 막히지 않아 좋았다. 런던의 교통체증은 살인적이었으니까.

"환영합니다, 원."

"반갑습니다."

그런 그를 반겨준 사람은 랄프 랑닉 단장이었다.

랄프 랑닉. 지금은 단장이지만 이전까지는 분데스리가에서 감독으로 활동한 사람.

감독 시절에는 전술이 뛰어나단 평가를 받았지만, 선수들과 지속적인 트러블을 일으키며 떠돌이 생활을 한 사람이기도 했다. 어찌 보면 케빈 같은 사람이었다.

그런 그는 당시 2부 리그에 있던 라이프치히의 단장이 되었다. 그러나 마땅한 감독이 없자 스스로 감독이 되어 팀을 1부 리그로 승격시켰다.

그러고는 쿨하게 다시 단장으로 복귀한 만큼 그의 입지는 절대적이었다.

일반적인 단장과는 달리 팀에서의 파워가 굉장했고, 그런 점에서는 로만의 수족인 에메날로와 전혀 달랐다.

감독의 권한을 협상할 때 그런 점을 두드러지게 느낄 수 있었다. 보통 이러한 권한을 보장하는 것은 보드진의 양보로 이루어지게 마련이다.

하지만 라이프치히에선 랄프 랑닉이 한발 물러서겠다는 식으로 이루어진 만큼, 그 위치를 상상할 수 있었다.

최종적으로는 너무 무리한 조건이 아닌 이상 원지석의 선택을 존중하겠다는 합의가 나왔다.

"계약에 대한 이야기는 모두 듣고 오셨습니까?"

"네. 확인했습니다."

랄프 랑닉의 말에 원지석이 고개를 끄덕였다.

한발 뒤로 물러났다고 해도 모든 권한을 포기한 것은 아니다. 그는 영입 정책에선 물러나지 않겠다는 뜻을 밝혔다.

슈퍼스타보다는 슈퍼스타가 될 수 있는 자질의 유망주를 사겠다는 정책.

사실 슈퍼스타가 명성이 낮은 라이프치히에 올 일도 없기에 현실적이라면 현실적인 정책일 것이다. 원지석은 그걸 존중하기로 했다.

"좋아요. 당신 같은 감독이 우리 프로젝트에 합류하게 된 게 정말 기쁩니다."

악수를 한 랄프 랑닉이 웃으며 말했다.

라이프치히의 프로젝트.

그것은 옛 동독을 대표하는 클럽이 되는 거였다.

현재 분데스리가를 지배하는 팀은 바이에른 뮌헨이었다. 오랫동안 독일을 대표하는 팀이었다고 해도 과언이 아니다.

그렇기에 분데스리가에서 활약하는 팀이 없는 동독의 대표 클럽이 되어 라이벌 구도를 이루겠다는 계획이 세워졌다.

하지만 그게 그리 쉬운 일은 아니었다.

거대 자본을 등에 업고 등장한 라이프치히는 모든 분데스리가 팬들의 미움을 받았다. 전통이 없고 돈만 있는 놈들이라며 욕을 먹기도 했다.

분데스리가의 이단아.

그것은 라이프치히의 또 다른 이름이었다.

두 번 연속의 준우승으로 나쁘지 않은 성적을 거두었지만 사람들의 인식을 바꾸기엔 부족하다.

그런 상황에서 원지석이라는 존재는 반전의 계기를 만들 카드였다.

역사와 전통이 없는 놈들에서.

앞으로의 역사를 만들 수 있는 팀으로.

"잘 부탁드립니다."

계약서에 사인을 끝낸 원지석이 카메라를 향해 웃었다. 이걸로 계약은 마무리되었다.

기간은 3년.

이제부터 그는 라이프치히의 감독이다.

"참, 오시는 길에 밖은 보셨습니까?"

"밖이요?"

랄프 랑닉의 말에 원지석이 고개를 갸웃거렸다.

그 말에 피식 웃은 랄프 랑닉이 창문의 블라인드를 걷었다.

수많은 사람들이 길거리를 가득 메우고 있는 게 보였다. 모두 라이프치히의 팬들이었다. 작은 도시라 하더라도 이곳 사람들 역시 축구에 열광하는 사람들인 것이다.

「멈출 때까지 황소를 자극한다!」

높게 들린 걸개에 적힌 말이었다.

어떤 상황에서든 팀을 응원하겠다는, 라이프치히 서포터즈가 내세우는 문구였다.

원지석은 창문을 열었다.

멀어서 들리지 않았던 소리가 그제야 작게나마 들렸다.

손을 흔들어주자 함성 소리가 더욱 커졌다. 얼떨떨한 얼굴로 창문을 닫자 다시 조용함이 찾아왔다.

"놀랐습니까?"

랄프 랑닉이 그런 원지석을 보며 웃었다.

번아웃증후군에 걸린 이후 스트레스를 피하고자 방음이 철저한 사무실을 만들었는데, 이렇게 서프라이즈가 될 줄은 예상하지 못했다.

"라이프치히에 오신 걸 환영합니다."

*   *   *

"신기하지."

레드불 음료수를 마시던 케빈이 중얼거렸다.

이미 자신의 짐을 챙겨온 그는 원지석의 사무실에 놀러온 상황이었다.

"같은 레드불인데 어째서 영국에서 마시는 것보다 이쪽이 더 맛있는 거지?"

"무슨 헛소립니까, 또."

자료를 정리하던 원지석이 눈살을 찌푸렸다.

아무래도 그 독살 소동 이후 영국 음식에 대해 트라우마가 생긴 모양이었다.

"그것보다 또 훈련장에 오줌 쌌습니까? 미쳤어요?"

"영역표시야."

"무슨 짐승도 아니고."

원지석이 골치 아프다는 듯 이마를 짚었다.

케빈이 이곳에 와서 가장 처음 한 것은 훈련장 구석에 노상 방뇨를 한 거였다. 첼시에서도 그 짓을 했기에 처음엔 기겁을 했었다.

"뭐. 아무튼 이번에도 잘해보자고."

낄낄 웃는 그를 보며 원지석이 한숨을 쉬었다.

그렇게 독일 생활에 적응하려 할 때였다.

「[키커] 바이에른 뮌헨은 티모 베르너를 노린다!」

갑작스러운 키커지의 발표에 원지석은 머리를 긁적였다.

티모 베르너.

독일 국가대표팀의 새로운 공격수이자, 미래로 불리는 선수.

라이프치히가 두 번 연속 준우승을 하는 데 지대한 공헌을 한 스트라이커였다. 그만큼 팀 내에서도 핵심으로 분류되기도 했고.

핵심 선수를 지키기 위해 원지석이 방법을 강구할 때였다.

티모 베르너의 에이전트에게서 온 메일을 보고 그의 얼굴이 사정없이 구겨졌다.

[바이에른 뮌헨이 관심을 보였습니다. 제 고객은 떠나고 싶어 하는군요.]

에이전트가 제출한 그것은 이적 요청서였다.

어쩐지 시작하자마자 삐걱거리는 독일 생활이었다.

*　　　*　　　*

「[키커] 원지석, 베르너는 아무 데도 못 간다」

원지석은 그렇게 못을 박았다.

팀에 오기 전 선수들에 대한 분석은 했어도, 어떤 선수인지를 직접 보고 파악하는 것과는 전혀 다르다.

이적과 방출은 선수단에 대해 정확히 파악한 뒤에 해도 늦지 않았다.

프리시즌 시작까지는 며칠 남지 않았다. 그때까지 이 상황을 수습해야만 했다. 선수단과의 첫 미팅을 가라앉은 분위기로 시작할 수는 없으니까.

"빌어먹을 놈들, 항상 이런 식이야."

케빈이 바이에른의 기사를 보며 욕지거릴 뱉었다. 그런 자신을 물끄러미 보는 시선을 느꼈는지 그가 얼굴을 구겼다.

"뭐."

"아뇨, 뭐. 바이에른을 싫어했었나요?"

"모든 독일인들이 바이에른 뮌헨을 좋아한다는 건 편견이야."

반 정도는 아니다.

그 말처럼 독일 축구는 바이에른과, 안티 바이에른으로 나눌 수 있을 정도였다.

"나는 할아버지부터가 뉘른베르크 팬이야."

뉘른베르크는 분데스리가 개편 이전에 독일 축구를 지배하던 팀이었다.

이후 강등을 당하며 몰락하지만 바이에른의 팬덤과는 여전히 사이가 좋지 않았다.

할아버지나 아버지와는 다르게 정작 케빈은 지지하는 클럽이 없지만, 그런 안티 바이에른의 성향은 어릴 때부터 받은 영향일지도 몰랐다.

바이에른 뮌헨.

그들은 분데스리가에서 가장 높은 명성을 자랑하는 팀이었다. 분데스리가의 영향권에 있는 선수들은 모두 바이에른을 드림 클럽으로 꼽을 정도였다.

그것은 독일인에게 가장 두드러지는 현상이기도 했다.

독일 선수들에게 바이에른에서 뛰는 것은 하나의 꿈이나 마찬가지다. 그러기 위해 클럽에 대한 충성과 팬들의 사랑마저 저버리는 경우도 있었다.

이는 이적 시장에도 큰 영향을 끼친다.

케빈이 티모 베르너의 이적 요청서를 보며 혀를 찼다.

"하여간 바이에른이 부르기만 하면 다들 눈이 뒤집혀서."

분데스리가의 이적 시장은 먹이사슬의 연쇄라고 볼 수 있다. 그리고 그 끝에 있는 것은 바이에른 뮌헨이다.

수십 년간 이어진 한 팀의 압도적인 우세는 사실상 오래된 라이벌이 없다는 걸 뜻했다.

물론 잠깐 잠깐을 위협하는 팀은 있다.

다만 그들은 오래가지 못하고 몰락하고 말았다.

사람들은 그 이유를 바이에른이 경쟁 팀들의 핵심을 빼앗아서 그런 게 아니냐는 의견을 꺼냈다.

2000년대 초반에 있던 레버쿠젠과의 일이 대표적이었다. 당시 레버쿠젠의 핵심 선수들이었던 발락, 제 호베르투, 루시우가 이적하는 일이 발생한 것이다.

팀의 척추가 뽑힌 레버쿠젠은 다음 시즌엔 강등권까지 추락하며 힘겨운 잔류 싸움을 해야만 했다.

레버쿠젠만이 아니다.

뮌헨글라트바흐, 함부르크, 베르더 브레멘, 슈투트가르트, 샬케, 그리고 최근에 다시 논란이 된 도르트문트까지.

이후에도 경쟁 팀들의 핵심 멤버들을 영입하는 일이 생기고, 그 팀들은 뒷감당을 하지 못하며 몰락하는 경우도 적지 않았다.

결국 이러한 이적 시장을 비판하며 바이에른에게 반감을 가진 사람도 적지 않았다.

물론 이런 이적은 당연한 이야기였다.

세상에 완벽한 팀은 없다.

만약 팀에 문제점이 있다면, 그 상황을 개선해야 한다.

당장 원지석도 첼시 시절에 레스터에서 캉테를 사오지 않았던가.

마찬가지로 경쟁 팀의, 하위권 팀의 핵심 선수를 빼오는 건 모든 분데스리가 팀에게도 해당되는 일이었다.

레버쿠젠은 최근 3년 연속 함부르크의 핵심 선수들을 영입했고, 도르트문트는 뮌헨글라트바흐나 프라이부르크에게서 선수 수급을 했다.

이러한 이적은 납치나 협박 같은 강제적이거나 비윤리적인 일이 아니다. 단순한 구단과 구단의 합의일 뿐이지.

하지만 유독 바이에른 뮌헨이 더 많은 비판을 받는 이유는, 그들이 먹이사슬의 최종 포식자에 위치한 팀이기 때문이다.

분데스리가에서 뮌헨이란 팀이 가지는 위상.

그리고 우승 경쟁 팀의 핵심 선수를 빼오며 발생한 임팩트.

만약 원지석이 첼시 시절에 맨유나 맨 시티의 핵심 선수를 빼왔다면 그 파장은 엄청났을 것이다. 반대여도 마찬가지다.

그렇기에 이러한 상황을 비판하는 사람들은 오랫동안 이어진 독주에 염증을 느낀 걸지도 몰랐다.

"지겹지. 아주 지겨워!"

케빈 역시 그런 사람 중 하나였다.

문제는 사람들의 인식이었다.

지금은 나아졌다고 해도 독일 축구는 다른 곳에 비해 배타적인 느낌이 강했다.

거기다 제2의 국가대표팀이라 불리는 바이에른에 이적한다는 것은 명예로운 일이라 생각하는 사람들까지 있을 정도였다.

그 일례로 미하엘 발락을 들 수 있다.

레버쿠젠의 핵심이었던 그가 경쟁 상대인 바이에른 뮌헨으로 이적할 때만 하더라도 별다른 반응은 없었다.

하지만 새로운 도전을 위해 첼시로 떠날 때에는, 돈을 위해 명예를 버리는 거냐며 비난이 쏟아졌다.

이러한 환경은 외국인 지도자들을 곤란하게 하는 요인이었다.

"피곤하게 됐네."

케빈이 혀를 차며 소파에 몸을 뉘었다.

그러한 구단을 상대로 선수를 지킨다는 것은 매우 힘든 일이었다. 이제는 그게 남의 일이 아니다.

당장 티모 베르너를 어떻게 해야 할지 정해야 했으니까.

"이적시킬 거야?"

"설마요."

원지석은 단호하게 말했다.

이미 보드진에게는 분명히 말을 해두었다.

자신이 선수에게서 마음이 떠나지 않은 이상, 선수와 보드진의 의사만으로 이루어지는 방출은 없다고.

"그러면 좋지. 하지만 반발이 만만치 않을 텐데."

케빈이 즐겁다는 듯 낄낄거리며 웃었다.

이제 그가 상대해야 될 것은 티모 베르너와 그 에이전트만이 아닐 것이다.

바이에른 뮌헨?

아니.

어쩌면 독일 축구 저변에 깔린 상식과 맞서 싸워야 할지도 몰랐다.

"반발이 있어도 어떡하겠어요. 이겨내야지."

원지석 역시 가시밭길을 예상했다.

하지만 그걸 꼭 밟고 지나가라는 법은 없다.

예초기로 베거나, 혹은 불에 태우거나.

그는 현재 독일 축구에서 바이에른의 위치를 신성불가침의 영역으로 보았다.

독일 전역에서 압도적인 지지를 받고, 그들의 팀에서 뛰는 것을 명예롭게 생각한다.

마치 우상숭배처럼.

이제부터 원지석이 해야 할 일은 그 우상숭배를 깨는 거였다.

철저한 대척점이 되어, 그들과는 다른 모습으로 압도해야만 했다.

이미 보드진과는 이야기가 끝난 상황이었다.

그들 역시 두 번의 준우승으로도 여론이 바뀌지 않는 걸 보며 고민을 하던 차였다.

축구는 팬들의 사랑을 먹고사는 스포츠다.

하지만 독일 축구 대부분의 사랑은 바이에른 뮌헨이 차지하는 상황이었다.

그런 상황이라면 차라리 악역을 자처해서 안티 바이에른의 사랑을 차지하는 게 나았다.

바이에른의 지지파들에게 욕을 먹으면 어떤가. 다른 지역에선 이미 이단아라며 욕을 먹는 게 현실이니까.

처음에는 반발이 있겠지만 그 선을 넘지 않는 게 중요하다.

"악당 한번 되어볼까요?"

원지석이 그렇게 말하며 자리에서 일어났다.

그들의 성역을 더럽혀야 했다.

그러기 위해선 악당이라도, 악마라도 되어줄 수 있었다.

찌이익.

에이전트가 보낸 이적 요청서가 찢어졌다.

창문을 연 원지석이 그 종이들을 밖에 흩뿌렸다.

그 흩날리는 종이를 보며 원지석은 스마트폰을 꺼냈다. 입력된 번호는 티모 베르너의 에이전트였다.

마티아스 팔켄베르크.

분데스리가에 뛰는 선수들을 주요 고객으로 삼는 에이전트였다.

거기다 그 고객 중에는 키미히, 알라바, 로벤 같은 바이에른의 스타들이 있기에 베르너의 이적을 부추기는 걸지도 몰랐다.

─원 감독님?

수신음이 끊기고 팔켄베르크의 목소리가 들렸다.

목소리는 여유로웠다.

구단과 밀고 당기기를 해야 하는 에이전트로서 나온 버릇인지, 아니면 이 전화를 패배 선언으로 생각하며 나온 여유인지.

아마 지금쯤 최대한 괜찮은 이적료를 생각하고 있을지 몰랐다.

"저는 분명히 말합니다."

하지만 원지석은 그의 뜻대로 굴러갈 생각은 없었다.

"티모 베르너는 여기 남습니다. 어디 다른 리그라면 몰라도, 바이에른은 안 돼요. 절대."

—…이런 식으로 나온다고 해서 절대 라이프치히에 득이 될 건 없을 텐데요?

그 말에 원지석이 씨익 웃었다.

옆에서 레드불을 마시던 케빈이 쿨럭하며 사레가 들릴 정도로, 흉폭한 미소였다.

"좆이나 까십시오."

전화가 끊겼다.

악역이 되는 건 지금부터 시작이었다.

*   *   *

「[키커] 니스의 장 미카엘 세리를 노리는 라이프치히!」

이적 시장이 열리고 라이프치히는 새로운 미드필더 영입에 힘썼다.

다른 쪽에선 이미 잠재성이 훌륭한 선수들이 포진해 있지만, 미드필더는 다르다.

지금까지 라이프치히의 중원을 이끌었던 나비 케이타가 리버풀로 떠난 것이다.

이적 오피셜 자체는 지난여름에 발표되었다.

그리고 1년간 팀을 위해 노력한 뒤 이번 여름에 리버풀을 떠나는 그를 보며 사람들이 박수를 쳐주었다.

하지만 핵심 선수가 빠진 만큼 대체자 영입은 필수였다.

그런 상황에 니스의 장 미카엘 세리는 감독과 보드진 모두 고개를 끄덕인 매물이었다.

아프리카의 사비라 불리는 그는 그 별명만큼이나 중앙에서 훌륭한 퍼포먼스를 보여주는 미드필더였다.

적정 이적료도 너무 높은 편은 아니기 때문에 이적 자체는 빠르게 진행되었다.

4,000만 유로. 한화로는 520억에 달하는 금액.

네이마르 쇼크 이후로 미쳐 버린 이적 시장을 생각하면 오히려 적절하다고 평가받는 가격이었다.

거기다 보드진은 옵션을 통해 일시불로 지급할 금액을 최대한 줄이고 다른 영입에 힘을 쓸 모양이었다.

「[키커] 바이에른 금지령을 내린 라이프치히!」

그런 와중에 티모 베르너는 프리시즌을 앞두고 훈련장에 복귀했다.

원지석의 으름장이 장난으로는 보이지 않았던 것이다.

다른 클럽이라면 몰라도 바이에른에게는 절대 보내주지 않는다는 말. 만약 그래도 갈 생각이라면 계약기간이 끝나고 자유 계약으로 가라는 말까지.

만약 남은 계약기간이 1년이라면 그 말처럼 했을 것이다.

실제로 도르트문트의 핵심 스트라이커였던 레반도프스키를 예로 들 수 있었다.

그는 도르트문트에서 바이에른으로 간 선수 중 마리오 괴체나 마츠 훔멜스와는 달리 팬들의 비난을 받지 않은 선수였다.

비록 이적을 시켜주지 않아 불만을 토했다고 해도, 이후 시즌이 끝날 때까지 팀을 위해 헌신하며 마지막 경기에선 기립박수를 받기까지 했다.

그러한 전례를 생각하면 내년부터 노쇠화가 올 레반도프스키의 대체자로 자연스레 바이에른에 입단할 수 있었다.

티모 베르너에게도 그건 나쁘지 않은 선택이다.

하지만 현재 계약기간은 2년 가까이 남은 상태.

지난 시즌에 계약 연장 조건을 발동했기에 그렇게 좋게 갈 수만은 없는 상황이었다.

만약 다른 때라면 훈련에 참가하지 않고 태업이라는 강수를 던지겠지만, 베르너는 그렇게까지 할 수 없었다.

그 이유는 원지석 때문이었다.

첼시 시절 그 역시 강렬한 전례를 남기지 않았는가.

자신에게 반기를 든 디에고 코스타를 어떻게 처리했는지 말이다.

2군으로 내려간 코스타는 이후 시즌 후반기 동안 단 한 경기도 나오지 못했다. 심지어 벤치에서도 그 얼굴을 보지 못할 정도였다.

첼시의 역사적인 트레블에서도 코스타의 모습은 보이지 않았다.

원지석은 정말 자신이 한 말을 지킨 것이다.

피치 위의 마스티프.

그 별명은 티모 베르너와 에이전트 역시 잘 알고 있는 별명이었다.

그러한 전례가 있는 상황에 보드진 역시 감독의 손을 들어주니 어쩔 도리가 없다. 다음 시즌이면 몰라도 지금부터 반기를 드는 것은 너무 일렀다.

그렇게 티모 베르너까지 모인 라커 룸.

원지석은 그들을 훑어본 뒤 입을 열었다.

이제는 그렇게까지 어설프진 않은 독일어였다.

"반가워요. 원지석이라고 합니다. 저기 저쪽에 예수처럼 생긴 아저씨는 케빈 오츠펠트."

"기도해도 나오는 거 없다."

손을 휘휘 저은 케빈이 레드불 한 캔을 더 땄다. 어째 밥보다 에너지 드링크를 더 많이 마시는 모양이었다.

"흠, 그럼."

자신을 뚫어지게 보는 선수들을 보며 원지석이 괜히 안경을 고쳐 썼다.

보통 프리시즌의 라커 룸에서는 앞으로의 시즌 계획을 말하게 마련이다. 우리는 이런 전술로 이렇게 갈 거다, 열심히 하자 같은 말을.

원지석은 그런 그들의 편견을 깼다.

"우리는 이번 시즌에 우승할 겁니다."

반드시.

우승 말고 다른 선택지는 없다.

『스페셜 원: 가장 특별한 감독』 4권에 계속…